marmaladebunko

旦那様はエリート外科医
～抑えきれない独占愛欲で懐妊妻になりました～

小日向江麻

マーマレード文庫

旦那様はエリート外科医

～抑えきれない独占愛欲で懐妊妻になりました～

旦那様はエリート外科医

〜抑えきれない独占愛欲で懐妊妻になりました〜

1

「みおりちゃん、ぼく、がっこうにいったらいっぱいべんきょうがんばるんだー」

――五月。世間が大型連休を満喫しているころ。病院小児外科病棟の一室。

昼の検温を終えたあと、ベッドの上で上体を起こして座る諒哉くんが、ビー玉みたいに透き通った目をきらきらさせながら言った。

菱田諒哉くんは小学二年生。消化器系の疾患で入院し、明後日手術を受ける予定となっている。

体温計が示すのは三十六度四分。熱はないし、採血の結果も特に異常はなさそうなので、このままの調子なら予定通り手術を受けられるはずだ。

「諒哉くんはどの教科が好きなの？」

「えーっとね、たいいくと……こくごと……せいかつと……おんがくと……ずこう！」

「算数は嫌い？」

ほとんどすべての教科を挙げているのに、敢えて算数だけを外しているのが面白くて、つい訊ねた。すると諒哉くんは、眉をハの字にしながら語気を弱める。

「きらいじゃないけど、ちょっとむずかしい……」

「そうだよね。私も算数は苦手だったなぁ」

「じゃあぼくといっしょだね」

「そうだね」

私も同じと聞いて安心したようで、元の弾むような声に戻るのがかわいい。

「がっこうにいけるようになったら、たいいくもできるようになるかな？」

「あ、そうだね、体育は——」

そう言いかけたところで、病室の扉が開いた。

やってきたのは、ぱりっとした白衣を身にまとった長身のドクター。

「こんにちは、諒哉くん。具合は、変わりない？」

明るく爽やかに訊ねるその人は、モデルか俳優さんかと見紛うほどに顔が整っているイケメン。もう一年以上も一緒に働いていれば見慣れて当たり前なはずなのに、未だにドキドキしてしまう。

「まゆずみせんせー！」

黛先生——黛啓佑先生は、この明都大学病院の消化器外科・小児外科の専門医。

その麗しい容姿を鼻にかけず、いつも優しく穏やかなので、小児科の入院患者さんからも好かれているみたいだ。「他の先生の診察は怖いけど、黛先生ならいい」なんて言う子も結構いるくらいだから。

彼は患者受けがいいだけではなく、執刀医としても大変優秀だったりする。難易度の高い手術を短時間で終わらせることにおいては、若手の医師のなかでは黛先生が頭ひとつ抜けている、とベテランのオペ看――オペ担当の看護師が話しているのを耳にしたことがある。

イケメンの若きエリート外科医。そんなハイスペックな彼を周囲の女性が放っておくはずがない。黛先生本人から、今まで数多の女性からのアプローチを受け続けてきたと聞いた。

医師、看護師、患者、果てはご近所さんまで――気持ちはよくわかる。どんな女性でも、こんな素敵な男性とお近づきになれたらどんなにいいかと一度は思うだろう。

「手術後、学校に戻ったときの話をしていました。諒哉くん、体育の授業が受けられるか心配しているみたいですけど、どうでしょう?」

室内に入り、私の横に並んだ黛先生が、ちょっと不安そうに彼を見上げる諒哉くんへ笑いかける。

「そうだね――手術して、退院してからすぐはまだ様子を見ないといけないけど、どこか痛かったり、変な感じがしなければ運動しても大丈夫だよ」

「ほんと？　やったー！」

ぱっと一瞬にして表情を明るくした諒哉くんが、両手をばんざいするように勢いよく上に上げた。

「よかったね、諒哉くん。だからそのために、手術頑張ろう」

「うん、みおりちゃん、ぼくがんばる！」

私が声をかけると、諒哉くんが笑顔で大きくうなずく。けれどすぐに、弾けるような笑顔が萎んでいく。

「……しゅじゅつして、たいいんできたらうれしいけど……みおりちゃんとあえなくなるのはさみしいな……」

「諒哉くん……」

小児科の患者さんの退院が近づくたびに、うれしい反面私も胸が痛くなる。

諒哉くんのように、親元を離れて入院生活を送る患者さんは心細さもあり、入院期間に比例して医師や看護師との関係が深くなっていく。しかし当然ながら、退院して以前の生活に戻ると私たちとのかかわりは強制的に断たれてしまう。小学生の彼なりにそれをきちんと理解しているため、寂しいのだろう。

「ぼく、おへやにきてくれるかんごしさんのなかで、みおりちゃんがいちばんすきだよ。やさしいし、かわいいし」

「ありがとう、諒哉くん。私も諒哉くんのこと好きだよ」

ちょっと照れた口調に、胸を優しく締め付けられる心地がした。そう言ってもらえるのは、この病棟の看護師としてとても光栄なことだし、純粋にうれしい。

「でも、ぼくしってるよ。みおりちゃんはまゆずみせんせーとけっこんしてるんでしょ？」

「えっ」

どきん、と心臓が音を立てて跳ねる。私はちらりと黛先生を見たあと、再び諒哉くんに視線を戻した。

「な、なんでそんなこと知ってるのっ？」

「いつもそうじにきてくれるおばちゃんがおしえてくれたよ。みおりちゃんは、まゆずみせんせーの『おくさま』なんだって」

「そ、そうなんだ……」

——思わぬところから情報が流れていてびっくりした。別に、隠しているわけではないから構わないのだけど。

そう、この黛先生——啓佑さんは、実は、私の旦那様なのだ。

朝、啓佑さんと同じベッドで目覚めたとき、まだ夢のなかにいるんじゃないかと思うこともある。それくらい、彼との結婚は予想もしないできごとだった。

私——黛実織(みおり)が啓佑さんの存在を知ったのは、去年の春。大学卒業を直前に控え、就職先であるこの病院の事務局に、必要書類を届けにきたときのこと。

見学も兼ねて入職予定の消化器外科病棟のなかに位置する、小児外科病棟に案内してもらうと、偶然、入院患者の女の子が手術室に運ばれていくところに居合わせた。

切迫した雰囲気のなか、担当医らしき啓佑さんは看護師に冷静かつテキパキと指示を出していた。と同時に、不安から取り乱した患者さんのお母さんへ、優しくも心強い対応をしていた。

——こんな風に、頼りがいがあって、患者さんやその家族に寄り添ってくれるドクターと働けたならうれしい。

就職して、啓佑さんの仕事ぶりを近くで見るようになってからも、彼への尊敬の念は増していった。その一方で、六歳の年の差がありつつも、尊敬とは違うほのかな想いも芽生えていったのだ。

ドクターとしても男性としても素敵な啓佑さんを間近で見て、好きにならない人はいないんじゃないだろうか。

とはいえ、魅力に溢れる啓佑さんが選ぶ女性は、彼と同じくらい眩く光る魅力を持ち合わせた特別な人に違いない。平凡で、やっと卵から孵ったばかりのひよっこ看護師の私と啓佑さんが釣り合うとは到底思えないし、彼に恋をすることさえも畏れ多い。だから当初、私にとって啓佑さんは、好きなアイドルや俳優さんに近い、別次元の憧れの人でしかなかった。

転機になったのは、消化器外科病棟で毎年行われている懇親会。近隣のレストランを貸し切り、病棟の医療従事者が一堂に会するイベントだ。

そこで啓佑さんとふたりきりで話せる時間があった。私にとってはそれだけで一大事だというのに、彼はあろうことか、その場で私にプロポーズをしてきたのだ。

お付き合いをしているわけでもなければ、プライベートな会話だって交わしたことがない間柄だというのに――どうして私に？

『俺はもう、恋愛する気はないんだ』

混乱する私に、彼が飾らぬ物言いで吐露した。

当時の啓佑さんは、とにかく仕事に打ち込みたいと考えていた。

執刀のチャンスをたくさんもらえて、経験を積み、結果を残して。医師として成長することだけを考えたい彼に、周囲がよかれと思って結婚を急かしてくる。そうでなくても、彼とお近づきになりたい多くの女性から好意を寄せられ、辟易していたというのに。

ならば結婚だけでもしてしまったら楽だ、と啓佑さんは考えた。恋愛と結婚とは必ずしもイコールじゃないから、ひとまず結婚したという形を取れば、周囲はおとなしくなるし、仕事に打ち込むことができる、と。

『こうして君と一緒にいると、ふっと肩の力が抜けて自然体でいられる気がする。……そんな君とだったら、穏やかで堅実な家庭を築いていけるんじゃないかと思うんだ』

彼は普段の私の様子を知っていて、好感を抱いてくれていたようだ。仕事に対する姿勢にも共感してくれたし、短い会話のなかでも彼の琴線に触れるものがあったらしい。

『妻として大事にするし、幸せにする。そこに恋愛感情なんてなくても、君みたいな人とだったら上手くやっていけそうな気がするんだ。だから……俺と、結婚してほしい』

私の人生でも一、二を争う衝撃だった。

結婚？　憧れの彼と、私が？

戸惑いもあったし、恋愛感情の先に結婚があるものと信じて疑っていなかったから、最初は丁重にお断りしたのだけど――彼は諦めてはくれなかった。周囲を巻き込み着々と既成事実を作り上げ、気が付いたときには婚姻届に判を押し、一緒に生活するようになっていたのだ。

病院での勤務は旧姓の『倉橋』のまま。仮面夫婦を疑われないように、お互いが干渉しすぎず、けれども穏やかで温かい空気感のなかで暮らすうちに、私は啓佑さんのことがもっと好きになっていった。

事情があってもう恋愛はしないと決めていた啓佑さんのほうも、次第に私を同志としてではなく、女性として見てくれるようになって――つまるところ、本当の意味での夫婦になったのだ。

世のご夫婦とはまったく違う軌跡を辿って結ばれた私たち。今の私は、これ以上ない幸せのなかにいた。

大切な人を愛し、愛されるよろこびに溢れた生活は、仕事の疲れや気分の落ち込みを吹き飛ばし、勇気づけてくれる。

啓佑さんの存在は、私にとってなによりの癒やしであり、生きる原動力となっているのだ。

「まゆずみせんせーはずるいなあ。ぼくもみおりちゃんとけっこんしたいのに」

恨めしそうに啓佑さんを見つめる諒哉くん。その視線を受け止めながら、啓佑さんが優しく笑った。

「ごめんね、実織ちゃんは先生の大切な奥さんだから、それは難しいかな」

「えー」

「先生は実織ちゃんがいてくれるから、お仕事を頑張れるし、幸せでいられるんだ。諒哉くんにもいつかそういう素敵な女性が見つかるよ」

諒哉くんに向けての言葉であると理解しつつ、聞こえてしまうと、うれしさと恥ずかしさで顔が熱くなってきた。思わず両手で頬を押さえる。

……不意打ちのようにそんなフレーズを繰り出されると、感激のあまりどうしていいかわからなくなってしまうのに。

「――だから手術して、退院して、リハビリを頑張ろう。諒哉くんが元気になってくれたら、先生もうれしいよ」

啓佑さんが小さく首を傾げて微笑むと、ちょっと不服そうにしていた諒哉くんの表情が朗らかなものになる。

「まゆずみせんせー、ありがとう」

「いいえ。どういたしまして」

啓佑さんの手が、優しく諒哉くんの頭を撫でた。

「じゃあ、また来るね」

「うん！　またね！」

すっかりご機嫌の諒哉くんと挨拶を交わすと、啓佑さんは病室を出て行く前にこちらへ視線をくれた。

「……それじゃ」

「は、はいっ」

にっこりとした笑顔。ただの挨拶なのに、妙に緊張してしまった。でも、その緊張感すら心地よくてくすぐったい。

「みおりちゃん、かお、まっかだよ」

「っ！」

啓佑さんの足音が遠ざかると、諒哉くんが不思議そうに言った。

「ねつあるの？　大丈夫？」

「う、ううんっ。そういうんじゃないんだ、大丈夫だよ、ありがとうっ」

私は慌てて両手を振ったあと、片方の手を左胸に当てた。

――夫婦になってそろそろ一年経とうとしているっていうのに、いつまで経っても啓佑さんの一挙一動にドキドキしてしまう。

いけない、いけない。仕事中は患者さんのことだけ考えなきゃ。

私は諒哉くんと二言三言交わしてから、ナースステーションへと戻った。

昼休憩をもらった私は、病棟内の空き病室に移動した。テーブルと椅子だけが置かれたこの部屋は、看護師の休憩室として使われている。

持参したお弁当をテーブルの上に広げたそのとき、扉をノックする音が聞こえた。

さほど間を置かずに扉が開く。

「ここ、一緒にいい？」

「麗（うらら）さん」

ランチバッグを片手に現れたのは、中牟田麗先生。同じ病棟のドクターだ。黒髪のロングをひとつに束ねた彼女の立ち姿は、スラッとしていてモデルみたいに美しい。

「麗さんも休憩ですか?」

「今日は別段トラブルもないしね。こういう日も珍しいけど」

「ですね」

彼女の同僚である啓佑さんも、いつも忙しそうにしているからよくわかる。

私が目の前の椅子を勧めると、麗さんは「ありがとう」と短く言ってから腰かけた。そして、開いたばかりのお弁当を興味深そうにまじまじと見つめる。

「毎日大変ね、それ。頭が下がるわ」

「ありがとうございます。でも、褒められるには申し訳ない出来栄えです」

鮭とたらこのおにぎりに、昨日の残りものの鶏のから揚げにほうれん草の胡麻和え、玉子焼き。十分程度あれば完成してしまうラインナップだ。

「そんなことない。仕事しながらそれを継続するのって大変でしょう。私は無理だわ」

「麗さんはドクターですから。突発的に入るお仕事も多いでしょうし」

場合によっては勤務外の時間でも病院に駆けつけなければならない。そういう過酷な環境であるのなら、無理に自炊する必要はない気がする。

「それはそうなんだけど……いくら勉強漬けの人生だったとはいえ、三十間近の女が家事のひとつもできないのは、って思うときもあるのよね」

彼女がいつか「料理が苦手だし嫌い」と話していたのを思い出す。仕事ができる女医として評判の彼女だけど、意外なものが弱点のようだ。

自身のランチバックのなかからブラックコーヒーのペットボトルと、ビニールに包まれたベーグルサンドを取り出す麗さん。『クリームチーズ＆ブルーベリー』と書かれた包装を破りつつ、小さく息を吐いて続けた。

「――啓佑はいい奥さんを捕まえたわよね。医師という仕事に理解があって、でも家庭的で自分のサポートをしてくれるなんて。縁の下の力持ちって実織さんみたいな人のことを言うのね」

「そんなことないですよ。私、まだまだ啓佑さんを支えるには貧弱です」

「そうやって謙虚で健気なところも啓佑には堪らないんでしょうね。ま、確かに私にはない要素だったわ」

「いつも凛としているのが麗さんのいいところなので。それこそ私にはない要素ですから、羨ましいです」

「……実織さんの場合、それを素で言ってるってところがすごいのよね」

ただ思ったことを述べただけなのだけど、麗さんは少し吊り気味の大きな瞳をぱちくりと瞬かせている。

「私に啓佑を取られそうになった上に、ひどいうそまでつかれたのに――恨み言を言うどころか、こうして一緒に食事をするのも厭わないなんてね」

麗さんの言う通り、かつて彼女とは啓佑さんを巡りいざこざがあった。

啓佑さんと結婚して少し経ったころ、もともとこの病院の研修医だったという麗さんが戻ってきた。彼女は後期研修に入るタイミングで別の病院に移ったそうなのだけど、その新しい病院が合わなかったらしい。

彼女が戻ってくる少し前、中牟田麗さんという名前を、病棟内の先生から聞き知っていた。それはかつて、啓佑さんとお付き合いしていた女性。院内でも美男美女で公認の仲だったという。

破局の原因は麗さんの心変わり。別の男性を好きになって啓佑さんとお別れしたものの、やはりお互いを尊重し理解し合えるのは啓佑さんしかいない。そんな思いもあって、うちの病院に戻ってきたらしい。

大学生活の六年間と初期研修の二年間――計八年間も一緒だったふたりの間にはい

かにも親密そうな空気が流れていて、啓佑さんに恋する私は、嫉妬心が膨らんでいくのを止めることができなかった。

麗さんの心変わりで別れたというなら、啓佑さんの気持ちはまだ麗さんにある。頭に過ったのは、いつか啓佑さんが口にしていた言葉。

『俺はもう、恋愛する気はないんだ』

——恋愛をしないと決めたのは、麗さんの裏切りに傷ついたから？

麗さん以上に好きになれる女性はいない。そう思っているの？

私たちは恋愛感情でつながっている夫婦じゃないし、麗さんの気持ちが再び啓佑さんに向いたのなら、元の鞘に収まりたいと考えるのは当然だ。

さらに私を心もとなくさせたのは、麗さんから『啓佑の気持ちは私に戻っている。だから別れてほしい』と告げられたこと。

ショックだったし納得できない部分もあったけど、他の人を想う彼と夫婦生活を続けるのはつらいし、なにより啓佑さんが好きだから、彼が一緒にいたいと思う人を生涯のパートナーとして選んでほしい。

だから私は自ら別れを告げ、このかりそめの結婚生活に終止符を打つことにした。

のだけど——

『実織のことが好きだよ。女性としての君を愛してる』

……びっくりした。完全に私の一方通行の想いだと思っていたから、まさか啓佑さんも同じ感情を抱いてくれていたなんて。

と同時に、麗さんが私にうそをついていたのがわかった。『啓佑さんの気持ちが戻ってる』というのは、私と啓佑さんの関係に亀裂を生じさせるためのでまかせだったのだ。私は麗さんのそのうそに翻弄されたということになる。

確かに亀裂は生まれたけれど……さなぎが蝶になるため脱皮するように、私たちの新しい関係を構築するために必要不可欠なものだったのかな、とも思えたから、腹は立たなかった。

「もちろんうそを言われた直後は苦しかったですし、麗さんがうちの病院に戻ってこなければ……なんて思ったりもしましたけど、でも私、てっきり麗さんに嫌われていると思っていたので、こうして仲良くしてもらえているのはうれしいです」

黒髪のストレートに白い肌。その名のごとく、エキゾチックなスレンダー美人の麗さんは、優秀な医師であり素敵な女性だ。私みたいな、まだまだ不勉強な新人看護師にとっては憧れの存在に違いない。

「──あ、その仲良くしてもらえているっていうのが勘違いだったらすみません」

私は慌てて言葉を付け足した。最近はちょっとした時間に話をする機会も増え、いつの間にかお互いに「実織さん」「麗さん」と名前で呼び合うようになったし、会話を重ねるうちに麗さんの雰囲気も砕けてきたような気がしていたから。

でも、本人はそんなつもりはなかったのかもしれないし、図々しかっただろうか、と。

「勘違いじゃないわ」

ベーグルにぱくりとかぶりついてから、麗さんが笑う。大胆に思える所作も、麗さんなら美しくて、つい見惚れてしまう。と、彼女はそんな私の間抜けな顔がおかしかったのか、また笑いをこぼした。

「不思議な人よね、実織さんって。話してると癒やされるっていうか……私も啓佑にフラれた直後は悔しさもあって極力実織さんとかかわらないようにしようと思ったんだけど……あなた、構わず普通に話しかけてくるんだもの」

「ご、ご迷惑だったらすみませんっ。でも、麗さんと一緒にお仕事していると学ぶことが多いですし、やっぱりきれいで素敵だな、って……」

話してると癒やされる――というのは、かつて啓佑さんにも言われた記憶があるけれど、自分ではよくわからない。でも、そう思ってもらえるのはうれしい。

仕事中の麗さんはピリピリしていることが多く、近寄りがたいという看護師もいるけれど、命を預かる外科医としては自然なことだと思うし、その緊張感はプラスになると感じているから、むしろ好感が持てる。

それにやっぱり、素敵な女性と話していると、こちらまでその華やかな雰囲気にあやかれる気がする。

「ありがとう。言われ慣れてるけどね」

「ですよね」

笑みを湛えたままいたずらっぽく言う麗さん。そういうお茶目なところもあるんだよなぁ、と面白くなって、私も笑った。

「――そういえばあなたたち、結婚式するんじゃなかったの？　私、招待状もらった覚えないんだけど」

お弁当のから揚げをひとつ食べ終えたところで、思い出したみたいに麗さんが訊ねてきた。から揚げの油を流し込むように、側に置いていた緑茶のペットボトルのキャップを捻って、中身をひと口飲んでから「本当は」と答える。

「――その予定だったんですけど、麗さんもご存知の通り啓佑さんは忙しいですし、私も仕事があるのでなかなか予定が組みづらくて」

「こういう職場の難しいところよね。実織さんは海外で挙げたいんでしょ？　で、披露宴は国内でっていう」

「はい……」

普段ゆっくりできないからこそ、大切な誓いの瞬間はふたりきりになれる場所がい い、とわがままを言ったのは私だ。

最初に式の話が出たときは、彼と挙げられるならどんな条件でも構わないと思っていた。けれど、情報誌やウェブサイトなどでさまざまな式場を見ていくうちに、たった一度の儀式だからこそ、特別な時間を過ごしたいと思うようになった。

私にとっての特別な時間は、啓佑さんを独占できる時間。

わが明都大学病院の消化器外科の未来を背負っていくひとりになるであろう彼は、とにもかくにも忙しい。啓佑さんは患者さんとのコミュニケーションを大切にするため、勤務中はもちろん、非番でも患者さんの様子を見に行って、必要であれば心配ごとや悩みを聞いてあげている。子どもが相手ならなおそうだ。さっきの、諒哉くんのときみたいに。

家にいたらいたで、夜中でも病院から呼び出しがかかって、すぐに駆けつける。そういう仕事であるのは私もよくわかっているけれど、彼の健康状態が気になるのは当然のこと、一緒にいてもいつ呼び出されるのかということが過ってしまって、言いようのない寂しさに襲われることがある。いくら承知の上でも、そういう気持ちを止めることはできないのだ。

こういう機会でもなければ海外に行くこともないだろうし、海外挙式もアリなのでは、と思った次第だ。

啓佑さんは「いいね」とふたつ返事でOKしてくれた。スケジュールの調整が大変になるだろうに、普段あまり自分の希望を口にしない私が、珍しく提案したからなのだと思う。

その代わり職場や親戚へのお披露目は、海外での式が終わったあと国内で披露宴をするという内容で、錚々たる黛家の面々も、あっさりと納得してくれた。

漠然と南の国に憧れがあったので、啓佑さんとも一緒に見比べた結果、式場の選択肢の多さなどもありハワイがいいのでは、という結論に至った。式のついでに旅行もするにはうってつけな場所で、海が見えるチャペルが美しい。この景色を間近で見られたらどんなに幸せだろう。

行先や式場も決めて、あとは日取りだけ――というところで、残念ながら話が止まってしまっている。

ハワイともなると、一週間前後休みを確保しなければならない。私は有休を駆使すればなんとかなりそうだけれど、啓佑さんのように代わりの利かない仕事をしているとそうもいかないのが現実だった。

「ある程度無理押ししないと予定なんて組めないわよ。啓佑はまず仕事優先でしょうから、実織さんが主導権を握るくらいのことはしないと」

「うーん……でも、お仕事の邪魔はしたくないんですよ。私が好きになったのは、お仕事にプライドを持っているドクターとしての啓佑さんでもあるので」

むやみに彼の仕事を放り出させてまで式を挙げたいかというと、そういうことではない。

結婚式にはけじめのような意味合いもあるから、できれば挙げたいけれど、それが啓佑さんの負担になることは避けたいし。

「そんなこと言ってるうちに、子どもなんてできたら式自体がお預けになっちゃうけど、それでもいいの？」

「こ、子ども？」

二個目のから揚げにかぶりつこうとして、手にしていたお箸とお弁当箱を素早く机の上に戻した。

私の動揺を察知した麗さんだけれど、彼女は涼しい顔でコーヒーを飲んでいる。

「可能性がないわけじゃないでしょ。夫婦なら」

「う……、ま、まぁ……」

——なにも言い返せない。再びお箸とお弁当箱を手に取って、から揚げをかじることでごまかした。

……確かに、絶対にないとは言い切れないか。

「そうなる前に、急いだほうがいいと思うけどね」

「……個人的には、それならそれでもいいかな、なんて」

「式より子どもが先でもいいってこと？」

「はい」

ちょっとおどろいた風に麗さんが訊ねるので、私がうなずく。病棟に入院している子どもたちの顔を思い浮かべると、自然と頬が緩む。

「仕事で子どもと接していると、かわいくて。それで、考えることがあるんです。もし私と啓佑さんの間に子どもが生まれたとしたら、いったいどんな子なのかな、って」

男の子だろうか？　女の子だろうか？

活発な子かな？　それとも、おとなしい？

どんな子なのだとしても、きっととびきり愛しく思うに違いない。だって、自分と大好きな人の血を半分ずつ受け継いでいるのだから。

「啓佑さんも子どもが好きで……彼自身も、『いつ来てくれてもいいね』って言ってくれたこともあったので、この際順番にはこだわらなくてもいいんじゃないかって気もするんです。大事なのは温かくて幸せな家庭を作っていくことでしょうし、そこに啓佑さんとの子どもがいたら、きっと幸せになれるし、楽しみだなって」

「ふーん」

おにぎりを包んだアルミホイルを、みかんの皮でも剝くかのように捲りながら話していると、面白くなさそうな相槌が返ってくる。

「え、私、なにか変なこと言いましたか？」

「いーえ、別に」

慌てて訊ねると、彼女はちょっと白けた顔をして首を横に振った。私の短い話を聞くうちに、手のなかのベーグルはほとんど食べきってしまっている。

「悩んでるなら相談に乗ってあげようかと思ったけど、無意識にだとしても盛大にのろけられるとその気が失せるわ」

「の、のろけてなんてないですよっ」

怒るというより呆れている口調だ。……もしかして麗さんの気分を害してしまっただろうか。

食べようとしたおにぎりをそっちのけで両手を振ると、彼女は最後のひとかけらのベーグルを口に頬張ってからつんと顔を背ける。

「はいはい。やっぱり元カレの奥さんの恋愛相談なんて乗るものじゃないわね。私が付き合ってたときよりも断然大事にされてるんじゃないかと思うと、だんだん憎らしくなってきたわ」

「そんなぁっ」

――そんなつもりは全然なかったのに！

小さく叫ぶと、麗さんはベーグルを咀嚼しながらふふっと愉快そうな笑みをこぼした。ごくんと喉を鳴らして、再び口を開く。

「――っていうのは冗談。でも、どうしようかななんて考えてるうちに時間はどんどん過ぎていくでしょう。結婚していない私が言うのも変だけど、挙げたいと思ってるなら、それが叶うように行動に移したほうがいいんじゃない？」

「ですよね……」

麗さんが言うことはごもっともだ。希望があるなら叶うように努力しなきゃいけない。

「言うまでもなく啓佑はいい男だから、関係者に早めに『私のものです』って周知しておいたほうがいいと思うわ。そのための結婚式と披露宴でしょう」

ペットボトルのコーヒーを飲み終わり、持ってきたバッグにしまう麗さん。その所作の合間に早口で言うと、椅子から立ち上がる。

「じゃ、私は医局に戻るわね。お疲れ様」

「お疲れ様です」

普段から、忙しい仕事の合間に食事をとり慣れているのが医療従事者だ。ドクターは特にそう。麗さんは瞬く間に食事を終えて出て行ってしまった。

……結婚式。やっぱり、挙げられるものなら挙げたいな。彼の奥さんであると認めてもらえる儀式を経験したい。

でもその一方で、現在の忙しくも満ち足りた生活を壊したくない、という気持ちも存在している。

彼は本当に素晴らしい夫だ。仕事で疲れているにもかかわらず、いつも穏やかで優しく、私を温かく包み込んでくれる。家事の面では私が担う部分が多いけれど、「ありがとう」「うれしい」「おいしい」なんて言葉を欠かさず口にしてくれるし、生活の端々で「お疲れ様」と労わってくれる。

具体的なできごとは枚挙にいとまがない。啓佑さんは私にとって日本一、ううん、世界一の旦那様だと言い切れる。

そんな彼に、これ以上なにかを要求するべきじゃないのだ。今ある幸せに感謝して、大切にする。それで十分じゃないだろうか。

その結果、たとえば麗さんが言っていたみたいに、子どもを先に授かるようなことがあっても構わない。

時期はともかくとして、ふたりとも子どもを持つことに対しては前向きだし、これぱっかりは欲しいと思ったタイミングでできるとも限らないから、ご縁があるならいつでも、という気持ちは共通していると思っている。

学生のころ、子どもを持つと女性のキャリアは途絶えてしまいそうという思いを抱いていたけれど、実際働いてみるとそうではなかった。看護師のなかには、産休・育休を経て職場復帰し、仕事と家庭を両立している先輩も多くいたのだ。

消化器外科病棟の山崎(やまざき)師長も確かお子さんがひとりいらっしゃったはず。お子さんが小さいころはご主人やご近所に住む親御さんと保育園のお迎えの分担をしてなんとか凌いだという話を聞いた。

『みんなそうやって、仕事と家庭の折り合いをつけているから大丈夫』

との心強い言葉もあったから、仕事をしながら子どもを持つことに対しての不安はかなり解消された。

挙式だけが幸せの象徴ではない。子どもを持つことも——いや、それ以前に、やはり彼との生活そのものが幸せで、覚めない夢を見ているような感覚なのだから、小心者の私としては、欲をかいては今の幸せさえもが遠のくのでは、と思ってしまう。

それに……麗さんには言えなかったけど、あまり無理を言って大好きな啓佑さんに面倒だとか、煩わしいなんて思われたくない。……嫌われたくない。

だから今ある幸せに感謝して、存分に噛み締めよう。

……『今ある幸せ』と思い返したところで、私の頭には自身の誕生日の光景が浮かんだ。あのときも、うれしかったなぁ——

2

「実織、ちょっといいかな」

今から約二ヶ月前。二月下旬のある夜、食事の洗い物を終えたばかりの私に、ダイニングテーブルに着いたままの啓佑さんが、ちょっと改まった口調で声をかけてきた。

「どうしたの？」

「来月の三十日のシフトって、まだ融通利くかな？」

シンクの側のタオルで手を拭きながら考える。

「……うん、その辺りの希望は来週頭が締め切りだったはずだから」

話しながら、ダイニングテーブルに移動する。と、椅子に座っていた彼が立ち上がった。

「そっか。じゃあ、せっかくだからどこかで食事でもしない？」

「えっ」

どきん、と心臓が跳ねる。

だって、来月の三十日っていうのは――

「実織の誕生日。一緒に祝わせてほしいんだけど」

「啓佑さん、覚えててくれたんだ」

結婚したときの手続き関係の書類で、誕生日を記載する欄がいくつか出てきた。そのときに、「三月生まれなんだね」みたいな世間話をしていた記憶はある。それを、ちゃんと覚えていてくれたなんて。

「当たり前だよ。大切な奥さんの誕生日だからね」

「……ありがとう。なんか、照れるね」

眩しいくらいの優しい微笑みに、顔だけではなく、全身が熱くなるような感覚が走った。彼にとって自分が大切な存在であるのだという事実が、ただただうれしい。

「場所なんだけど、せっかくだから実織が行きたいところにしよう。最近、俺の都合もあって全然一緒に外食できてなかったからね。その罪滅ぼしも兼ねて」

「罪滅ぼしだなんて」

論文提出や研修などの個人的な予定に加え、受け持つ患者さんの容体次第でさらにスケジュールが変わってしまうお仕事であるのを、看護師である私は痛いくらいに理解しているつもりだ。それを責めるつもりなんてまったくない。

「でもわかった、行きたいところ探しておくね。今から楽しみだな」

それでも彼が私のためにしたいと思っていることは、ありがたく受け取らせてもらいたい。上機嫌になった私は、弾むように胸の前で両手を合わせた。

「実織」

啓佑さんが私の名前を呼んだ。優しくて、甘くて、心地よい響きがした。彼は私の背中に腕を回して、そっと抱きしめてくれる。

「実織のそういう無邪気なところ、本当にかわいくて好きだな」

「啓佑さん……」

頼りがいのある、温かい胸に抱かれながら、私も彼の名をつぶやく。するとふっと吐息が聞こえた。まるで、頬を緩ませ、笑いがこぼれたときみたいに。

「俺も探してみるよ。それに、その日だけは、なにがあっても空けるように頑張るから」

「うん、ありがとう」

——でも、無理はしなくていいからね。と言おうとして、やっぱりやめた。

啓佑さん自ら空けてくれると言っているのだから、可能な限りそうしてもらおう。

「……啓佑さん？」

私がそっと身体を離そうとしたとき、啓佑さんがそれを拒むように私の背を抱く手に力を込める。そんな彼を見上げて訊ねてみる。

「いや、こうして実織を抱きしめるのが久しぶりだったかも、と思って」

私を見つめる慈しむような瞳に、じんと温かい気持ちになる。

「そうだね。私も準夜勤が続いたりしてたから……」

生活リズムが合わないと、顔を合わせるタイミングすらほぼないような感じになってしまう。最近は彼と触れ合う機会がなかなかなくて、ひそかに寂しいと思っていたから、彼も同じ気持ちであったことがうれしい。

「もう少しこうしててもいい？」

「もちろん、いいよ」

拒む理由なんてない。うなずくと、啓佑さんの頬が「よかった」と緩む。

「最近ちょっと疲れ気味だから。こうしてると、元気をチャージできる気がする」

「……ビタミンCの点滴みたいな感じ、ってことかな」

外来の看護師から、疲労回復効果を期待する患者に人気があると聞いた。思い出して口にすると、啓佑さんは一瞬目を瞠って、それからおかしそうに声を立てて笑った。

「え、違う？　割りと的を射てると思ったんだけど」

「いや、ごめん。相変わらず、予想外の答えだったから」

「そ、そっか」

私はよくこんな風に外した返事をしてしまうようだ。自覚がないだけに気を付けようがないのだけど、啓佑さんは愉快そうにしてくれているみたいなので……まぁ、いいのかな……？

「実織といると癒やされるし、楽しいし、飽きないよ」

ちょうど耳元に声が降ってくるような体勢だから、吐息交じりの囁きに、いつにも増してドキドキしてしまう。

「――もっとふたりきりでいられたらいいんだけどね……」

穏やかで優しい音色に、寂しさが混じる。

……本当に。もっと、ふたりきりでいられたならどんなにいいだろう。

「先にシャワー浴びてもいいかな」

しばらく私を抱きしめていた彼は、ひとつ深呼吸をしたあと、ゆっくりと身体を離した。表情は明るい。

彼の言っていた通り、少しでも元気をチャージしてあげられたならいい。

「うん、もちろん」

「ありがとう」

ぽんぽん、と私の背中を叩いた啓佑さんが、また耳元で囁く。

「今夜は、一緒のベッドで寝ていい？」

「……うん」

ストレートなお誘いに胸が甘く、苦しくなる。別々のベッドで眠る日々だったから、素直にうれしい。

照れて俯きながらうなずくと、啓佑さんは着替えを取りに寝室へと向かった。

啓佑さんが宣言したように、おそらく私の誕生日までふたりでの外食はお預けとなるだろう。最近の彼は特に忙しそうで、食事のあとは日付を跨ぐころまでＰＣと睨めっこしている。
医局に長くいた日は、夜遅くに家に帰ってきて、作り置きの総菜を少し食べてから寝落ちする、ということも珍しくない。体調を崩しやしないかと心配しているところだ。
――ドクターって過酷なお仕事だな。間近で見てると、改めてそう感じる。

そんな啓佑さんが、私の誕生日だけは必ず時間を空けてくれると言ってくれたことに感激だ。

結婚して初めて迎える誕生日というイベント。せっかくだから、思い出に残るような場所を選びたいところだけど……。


ある日の昼休憩。私はいつもの空き病室ではなく、中庭のベンチにいた。

そこでお弁当の入ったバッグを傍らに置いたまま、スマホで誕生日当日に予約するレストランを探していると——

「なに見てるの～、倉橋さん？」

「あれ～、もしかしてディナーの場所でも探してる～？」

背もたれの左右から、私のスマホを覗き込んで訊ねる声がした。

——この声は。

思うが早いか後ろを振り返ると、そこには先輩看護師の藤倉（ふじくら）さんと村上（むらかみ）さんの姿があった。

「お、お疲れ様です」

手元のスマホを膝の上で伏せながら小さく頭を下げる。

「今見てたのってセントラルマリーナホテルに入ってるフレンチでしょ～？」

「みんな一度は行ってみたい～って感じのレストランね。黛先生とのデートで使う、とか～？」

ディスプレイに映る、お店のウェブサイトの情報をすでにチェック済みの藤倉さんが矢継ぎ早に訊ねると、村上さんが楽しげにうなずきながら、さらに畳みかけてくる。

「あ、ええと……そんなところ、です」

まだ大学を卒業して一年弱。こういう、大人な雰囲気のデートスポットをほとんど知らない私が実践しているのはウェブでの情報収集だ。

今見ていたのは、おすすめのレストランを紹介してくれる記事。セントラルマリーナホテルは高級ホテルの代名詞だ。そのなかに入っているフレンチとあって、流行に敏感な先輩方もご存知らしい。

「やだ～羨ましい！」

「ね～、代わってあげたいくらい」

やけに高い声で盛り上がるふたりは、縁入りのコンタクトで華やいだ瞳を細めた。マスカラでばっちり上向きにしたまつ毛の長さが際立つ。

「本当に代わってあげようか～？」

すると、藤倉さんが本気とも冗談とも取れる声音で静かに訊ねた。

啓佑さんはあのルックスで仕事もできるから、女性看護師の憧れの的だ。

藤倉さんと村上さんはその筆頭と呼べる存在。突然の結婚後、顔を合わせるたびに嫌味や皮肉をちくちくと言われることが多かったけれど、それらのなかには私の看護師としての技術力不足を指摘するものも多かったから、仕事に慣れていくうちに徐々に減っていった。

だけど時折、言い方は悪いけれど——こんな風に絡んできては、冗談に聞こえないようなヒヤリとすることを言ったりするのだ。

ふたりは未だに、病棟の看護師の憧れだった啓佑さんが私みたいな新入りに取られたのが許せないのかもしれない。

自分以外の誰かのものになるにしても、美人だったり優秀だったりする人が相手ならまだ未練を断つことができるのに。

私はどこにでもいそうな、これといって取り柄のない看護師だから、気持ちの置きどころがないのだろう。

「……あ、えっと……」

「やだ～倉橋さんたら、冗談に決まってるじゃない！　本気で困りすぎ」

私が困惑している顔を見て満足したのか、藤倉さんが噴き出して笑った。村上さんもそれに同調する。

「で、ですよね……」

あはは、と乾いた笑いがこぼれた。

――その割りに、全然目が笑っていなかったんですが。

という言葉を飲み込み、無理やりに笑顔を作って対応する。

「黛先生と倉橋さんが結婚して九ヶ月だっけ。そろそろお互いの気持ちが離れてきたころかな～なんて考えてたのよね」

「そうそう。高級レストランじゃなきゃ間がもたなくなるようじゃ、危険信号じゃない？」

「そ、そういうつもりで選んでるわけじゃ――」

ふたりがレストランの情報と私たちの仲を無理やり結び付けてこようとしたので、片手を振り、慌てて否定をする。

けれど彼女たちはそんなの目に入っていないみたいに、気遣わしげに眉根を寄せ、さらに愉快そうに抑揚をつけて続ける。

「あらそうなの？　でも本当に夫婦円満なら、どんな場所で食事をしたとしても幸せを感じられるはずなんじゃないかしら～？」

「だってまだ新婚さんだもの～。質素な食事でも一緒に食べられるだけで胸がいっぱいよね。そう思えないってことは……やっぱり～……？」

村上さんの冷たさをまとった視線がこちらへと向けられる。

——気持ちが離れているんじゃないか。

……なんてことを言いたげに。

「あの、私、そんなんじゃっ——」

いつもの嫌味の延長線上なのだろうけれど、不安を煽ってくるのは行きすぎじゃないだろうか。しかも極端すぎる理論だ。

「いっそ『憧れのフレンチで黛先生と食事だなんて気に食わない』ってはっきり言ったらどうかしら？　まどろっこしい」

いっそ事実を伝えようとしたとき、クールでいて圧のある声が前方から飛んできたので、そちらを向いた。

「……麗さん」

「せっかくの誕生日ディナーなんだから奮発したくなるものでしょ。それとも、あなたたちと付き合う彼氏は、年に一度のイベントすらそんな風に頑張ってくれないのかしら?」

麗さんは、ベンチの後ろにいる藤倉さんと村上さんを交互に軽く睨みながら、淡々と訊ねる。

「っ……」

ふたりの顔が赤くなった。麗さんのズバッとした指摘に心当たりがあったのだろう。普段雄弁な彼女たちだけど、珍しく言葉を詰まらせている。

「わ、私たち、そろそろ戻らなきゃ。……中牟田先生、倉橋さん、失礼するわ」

取り繕うように咳ばらいをしたのは村上さんだ。曖昧な笑みを浮かべながら、藤倉さんと逃げるように病棟へと向かい、その場から去っていった。

「あ、はい……」

小声で文句を連発しながら帰っていくふたりの背中を見つめながら、私は聞こえないとは知りつつも返事をした。

「言われっぱなしで悔しくないの? 言い返せばいいのに」

「先輩ですし、そんなことできませんよ。それに、おふたりの気持ちもわかる気がするので」

まだまだ仕事を教えてもらっている立場で反発するわけにはいかないし、進んで揉めごとを起こしたくはない。

好きな人の奥さんが同じ職場にいるという状況は、彼女たちにはつらいのだろう。

思い出したときに言われるくらいなら、まだ我慢できる。

「ずいぶんおおらかなのね。あなたらしいと言えばらしいけれど」

「でも、助けていただいてありがとうございました」

ちょっと呆れ気味にため息をついたあと、麗さんが私の横に座った。

忙しいときの彼女は病院内でパンツを穿いていることがほとんどだけど、今日は比較的時間に余裕があるのか、膝下丈のスカートを穿いている。組んだ脚のラインがきれいだ。長くて、ほっそりしていて。

「あれ、麗さん、そういえば……どうして誕生日ディナーだって知ってるんですか？」

直前のやり取りが頭に過って、私は真横にいる彼女を見つめて訊ねる。まだ藤倉さんたちには伝えていなかったのに。

「医局にいる誰かさんも、スマホで楽しそうに探してたわ。なんなら私に、『どこかおすすめの場所はないかな？』なんて訊いてきたりして」

「そ、そうなんですか？」

——それは、意外すぎてびっくりだ。

確かに彼も探してくれるとは言っていたけれど、職場で探してくれているとは思わないし、麗さんにお店を訊ねるなんて。

「信じられる？　私に訊く？　……ま、過去のことは気にしてないから訊けるんでしょうけど」

元カノの麗さんとしては複雑だろう。多少なりとも啓佑さんに気持ちが残っている状態だろうに、別の女性とデートする場所を見繕ってほしいと言われて、なんとも言えない気持ちになるのは当たり前だ。

……啓佑さん、私の誕生日を祝うお店を探すためならと、張り切ってくれているんだろうか？

「……幸せそうでいいわね。素直に羨ましいわ」

思いがけない彼の行動を知ってぽーっとしている私の顔を見て、麗さんが皮肉っぽく言う。でも言葉尻は少し笑っていたから、気を悪くしたわけではないのだと信じたい。

「悔しいけど、誕生日ディナー楽しんでいらっしゃい。私は患者さんの様子を見に来ただけだから、もう戻るわ」

「はいっ。麗さん、ありがとうございました」

ベンチから立ち上がる麗さんに倣って、私も膝の上のスマホを傍らに置いてその場に立ち上がった。病棟へと歩き出した直後、言い忘れたとばかりにくるりとこちらへ向き直った。

「あなた凡ミスしやすいんだから、仕事中は浮かれずにしっかりね」

「は、はいっ！」

だらしなく頬を緩ませていたことを指摘されて、慌てて気を付けをするみたいに姿勢を正してから、熱を帯びた両頬を手のひらで押さえた。

――回診などでお仕事中も一緒になる『中牟田先生』のひと言は重い。

強く自戒の念を抱きつつ、麗さんの後ろ姿が見えなくなったところで、またベンチに腰かける。

ずっと伏せたままだったスマホで時間を確認すると、昼休憩のリミットはすぐそこまで迫っていた。私が急いでお弁当箱の包みを解いたのは言うまでもない。

そして迎えた、三月三十日。私の二十三回目の誕生日。

「誕生日おめでとう、実織」

「ありがとう、啓佑さん」

向かい合って座る私たちは、ワイングラスを軽く掲げて微笑み合った。

グラスのなかのワインが、照明に照らされてルビーみたいにきらりと光る。

ワインに造詣が深いわけではないけれど、愛好家でもおいそれとはいただけない貴重なものなのだと啓佑さんが教えてくれた。

「実織の大切な日を、一緒に祝えてうれしいよ」

「私も、啓佑さんとこうしてふたりで過ごせていることがうれしい」

啓佑さんは約束通り、このために一日空けてくれた。呼び出しの電話がかかってこないとも言い切れないけれど、そこは医師というお仕事柄、どうしても避けられない事態だから、仕方がないと割り切れる。それよりも、多忙のなか有言実行してくれたことが本当にうれしい。

「でもよかったの？　外食じゃなくて家で過ごすことにして」

啓佑さんが、ダイニングテーブルの上にグラスを置きながら訊ねる。

白いVネックのインナーにグレーのニットカーディガン。ボトムスは黒いコットンのパンツの彼。レストランに食事をしに行くには、少しラフな服装だ。

かくいう私の装いも、袖がフリルになっているゆるっとしたシルエットのワンピース。淡いイエローが「実織に似合うね」と啓佑さんに褒められて、家のなかで着るようにしているものだ。薄手のフランネルの肌触りがよく、私も気に入っている。

そう。私たちは結局、外食はせず、ふたりが住むこの部屋で誕生日の夜を過ごすことに決めたのだ。

お互いの手元にあるワインは、啓佑さんが用意してくれたとっておきのもの。家でお祝いするならせめて奮発させて、とわざわざチョイスしてくれたらしい。

「――あ、いや。俺としては、実織のいつもと違う手料理がたくさん食べられて満足だけど。自分の誕生日くらいは、外でゆっくりしたいんじゃないかと思って」

「ううん。むしろ私は、家のほうがゆっくりできるかな、と思ったんだ」

私は首を横に振って、手にしたままだったグラスを置いた。

それからテーブルの上に並ぶ料理たちを見回す。彼がわざわざ言い直してくれたのは、それらを作った私を気遣ってくれたのだろう。

サーモンのカクテルサラダに、鶏レバーのパテ、ほうれん草のポタージュ、白身魚のムニエル。それにフランスパンを添えた。

もう少ししたら、メインディッシュのロティサリーポークを出す予定だ。……自分で用意したくせに、こんなに食べ切れるだろうか――とかいう不安が過ったりして。

まぁでも、いつもの食事とは違うとっておき感が出せたかなと思うので、満足している。

私はこの日のためにレシピを調べ、張り切って作ったフレンチの数々を一瞥して続けた。

「誕生日をお祝いしてもらう、ってことになったとき、私はどうされたらうれしいのかなって考えたんだ。豪華な空間でプロの作ったおいしい料理やお酒をいただくのももちろん素敵なんだけど……啓佑さんとならなにを食べたり飲んだりしてもおいしいんだなって気が付いて」

『ふたりの仲が本当に円満なら、どんな場所で食事をしたとしても幸せを感じられるはずなんじゃないかしら～？』

藤倉さんに言われたことがしばらく頭のなかにちらついていた。

それに傷ついたとか、怒りを覚えたとか、そういうわけじゃない。自分が今、彼とどういう時間を過ごしたいかを考えるきっかけにさせてもらった感じだ。

「啓佑さんは最近特に忙しいから、なかなか一緒の時間が作れないじゃない？　なら私にとっては、プロのお料理でも洗練された空間でもなくて、啓佑さんを独占することが最高の贅沢だなって。お家なら移動時間や営業時間も気にしなくていいし……それに」

次第にもごもごと口ごもりながらさらに続ける。

「その……そっちのソファで、啓佑さんとくっついたりしながらお酒を飲んだりもできるな、って……」

圧倒的に、啓佑さんとふたりきりの時間が足りない。

家のなかなら他に誰もいないから邪魔が入らないし、周囲の視線や噂だって気にしなくていい。人一倍恥ずかしがり屋の私にとっては、そういうありのままの自分でいられる空間が必要だったのだ。

「実織……」

「ごめんっ。自分でも恥ずかしいことを言ったって自覚ある……」

とはいえ、感情をさらけ出しすぎだっただろうか。今こぼした言葉を反芻して羞恥が沸き上がり、啓佑さんの顔を見ていることができなくなって俯く。

……啓佑さんがそれを望んでいるかどうかがわからないのに、私の願望を押し付けすぎだっただろうか、なんて反省まで脳裏に浮かんできた。

「そんなことないよ。顔を上げて」

すると、啓佑さんはすぐに優しくそう言ってくれた。少しだけホッとしたのもあって、言われるまま顔を上げた。

「外食じゃなくて家でって話……最初はどうしてだろうと思ったんだけど、理由を聞いて実織らしいなって思ったよ。そういう風に思ってくれてありがとう」

「ど、どういたしまして……」

穏やかな啓佑さんの微笑みに心が弾むと同時に、やっぱりカッコいいな、と思う。鼻梁の高い、目元のはっきりした整った顔立ちも当然そうなのだけど、自分の思ったことをストレートに言葉にして安心させてくれるところは、本当に大人だし素敵だ。

「俺も、自由な時間くらいはできる限り実織の傍で過ごしたいと思ってるよ。大好きな奥さんの作ってくれた料理を心行くまで食べられるなんて、まるで俺のほうが主役みたいだ」

常々「実織の料理が好き」と言い、出したお皿は必ず平らげてくれる彼だからこそ、闇雲に褒められているわけではないのが実感できる。私は両手を胸の前に出し、ぐっと握りこぶしを作った。

「啓佑さんによろこんでもらえるメニューにしたつもりなので、そう思ってもらえれば頑張った甲斐があるよ。いっぱい食べてね」

「ありがとう。……でも、その前に」

言いながら啓佑さんが席を立った。そして、リビングにある備え付けのチェストを開け、そのなかからなにかを取り出して、ダイニングテーブルに戻ってきた。私の横に立ち、手のひらくらいの大きさのショッパーを私に差し出す。

「ちゃんと俺からお祝いさせて」

「これ……マリッジリングと同じ」

ショッパーに書かれた店名に見覚えがあった。啓佑さんと婚約指輪を選びに行ったあのお店だ。反射的に、左手薬指を彩る銀色に視線を滑らせた。

「開けてみてくれる？　気に入ってくれるといいんだけど」

「う、うんっ……」

啓佑さんが今日のためにと選んでくれたワインの色にも似たショッパーのなかを覗くと、リボンのかかった小さな正方形の箱が入っている。丁寧にリボンを外して、箱を開けてみた。

「ネックレス……」

プラチナに丸く縁どられた一粒ダイヤのネックレス。品がありつつも使いやすいデザインで、とてもきれい。

「……素敵。これ、本当に私がもらっていいの？」

「実織にプレゼントしたんだから、当たり前だよ」

啓佑さんがおかしそうに笑った。

相変わらずジュエリーには縁遠く、勤務時間外に彼とお揃いのマリッジリングを身に着けているくらいだ。でもこれを着けていると、どんなに煌びやかな宝石を身に着けるよりも心強く感じる。指輪越しに、啓佑さんの存在を感じるからだろう。

「というか、むしろもらってほしい。着けてくれる？」

「啓佑さんが着けてくれるの？」

彼は返事の代わりに箱の中身を手早く取り出した、艶やかなプラチナと、トップの一粒ダイヤがきらりと光る。そのあと留め具を外した長い指が、チェーンを持ったまま私の首の後ろに回される。

「想像以上に似合ってる。かわいいよ」

「ほ、本当？」

留め具を留めて、ほんのちょっと身体を離した位置で私を見つめる啓佑さんが、つぶやくように言った。

「うん。……って、なんでそんなにおどおどしてるの？」

「だって……きっとこれも、高価なジュエリーだろうから……緊張しちゃって」

マリッジリングと同じお店ということは、こちらも値が張るものであるはず。

わざわざ価格を調べたわけではないけれど、式場を探すにあたって開いた情報サイトで、このお店が人気であることや、指輪の価格帯などを知ってしまったのだ。私には分不相応なものである気がして、申し訳ない気持ちになってしまう。

「恐縮しないで。せっかく実織に気に入ってもらおうと思ってプレゼントしたのに、それじゃ意味なくなっちゃうから」

「ね？」と首を傾げて問いかける啓佑さん。

……そっか。啓佑さんは私をよろこばせようとプレゼントしてくれたんだから。もっと堂々と身に着けているべきなのかもしれない。

「そ、そうだよね。ごめんなさい」

私は胸元で光るダイヤを見下ろして謝った。ダイヤはシーリングライトの照明を反射して、きらきらと煌めいている。

「いや、全然。……それで、なんだけど」

彼はその場の空気を改めるみたいに、小さく息を吐いて切り出した。私を見つめる瞳に、真剣さが滲む。

「仕事柄、アクセサリーを着ける機会は限られるかもしれないけど……でも、もし実織さえよければ、この先の誕生日ごとにブレスレットとか、イヤリングとか、腕時計とか……なんでもいいんだけど、俺がプレゼントしたもので飾らせてほしいんだ。そういうのはいや？」

「ううん。うれしいよ。そういう、啓佑さんの気持ちが」

控えめな提案で、私の意思を尊重してくれようとするのが彼らしくて、改めて好きだなぁ、と思う。

──それはつまり、これから先もずっと私と一緒にいたいと思ってくれている、と解釈していいんだよね？

「──でも、そうしたらおばあちゃんになったとき、啓佑さんがくれたもので埋もれちゃってるかもしれないね」

冗談ぽく言って笑うと、啓佑さんもそれをイメージしたのかおかしそうにくっと喉を鳴らして笑った。

「そうなれるように──これからもずっと実織と一緒にいたい」

「私も……啓佑さん」

両肩に乗った彼の温かい手。そのうちの片方が、私の頬を包み込むみたいに伸びてきた。

彼の瞳に私の姿が映る至近距離にもかかわらず、彼の顔がさらに近づいてきて――私の唇を奪う。

頬に触れていた彼の手は、知らない間に肩の手と一緒に背中に回されていて、力強く私を抱きしめてくれる。啓佑さんの体温が伝わってきて心地いい。

「んっ……」

唇を合わせるだけのソフトなキスかと思いきや、彼の舌が上下の唇を割って入ってきた。彼の舌は柔らかな粘膜を這って私のそれを掬うと、ちろちろと優しく遊ぶ。くすぐったさを感じると同時に、頭の奥がじわっと熱くなった。

彼と触れ合うようになって半年以上経っても、情けないことに正しいキスの仕方というのをよくわかっていない。いつも啓佑さんがリードしてくれるから、同じような動作をまねているだけだ。今だってぎこちなさを伴いながら、彼の舌の動きを追いかけることしかできないでいる。

心だけじゃなく身体も熱くなって、頭がぼうっとして……幸せな気持ちになるけれど、彼は物足りなく感じていないだろうか、とか、心配になるときもある。

「……改めて乾杯しようか。おいしそうな料理も早く食べたいし」

直前まで私の唇を味わっていた啓佑さんが、朗らかに促す。

「そうだね」

「食事の前に、実織を食べ尽くしそうになっちゃったけど――それは、食後まで我慢しないとかな」

「……啓佑さんってば」

気持ちが通じ合ってから、「啓佑さんってそんなこと言ったりするんだ！」っていう発言が時折あって、そのたびに私はドキドキしっぱなしだ。当の本人は、いつもの優しそうな微笑みを浮かべているだけだ。

こんな台詞を言ってもらえるのも、彼の奥さんという特別な存在だからなのだろう。毎回心のなかで嬉々としてしまう。

――二十三歳になって初めての夜は、こうして啓佑さんとふたり、穏やかで楽しい時間を満喫しながら更けていったのだった。

3

「バイタルサインのチェックＯＫだし、点滴もＯＫ……じゃあ、朝のラウンドはおしまいだね」

「はいっ！」

私の言葉に、後輩看護師である時村礁くんが元気よくうなずく。

――五月のある日勤の朝。私は時村くんとともに朝の巡回を行っていた。

看護師として一年間働き切った四月、わが消化器外科病棟にも新卒の看護師が入ってきた。去年、私が長谷川さんと組んでさまざまな指導を受け、仕事を進めていたように、今度は私が、新たに配属される新卒看護師の指導係――プリセプターに任命されたのだ。

「時村くん、どう？　看護師としての仕事、慣れてきた？」

ベッドの上から軽い調子で訊ねるのは、この病室の入院患者である香坂さんという男性。

四十代後半で独身。数年前までは奥様がいらっしゃったらしいけど、脱サラしてコーヒー専門の、カウンターだけのカフェを開きたいと相談した直後に別れを切り出された、と聞いた。現在は念願のカフェをオープンさせたものの、オーナー兼ウェイターさんである彼の不在により休業中なのだとか。

　接客業をしていることもあって、香坂さんは入院してすぐに私の名前も、時村くんの名前も覚えてくれたし、巡回の際のコミュニケーションにも快く応じてくれる。看護師目線で見ると、とてもありがたい患者さんだ。

「いえ、毎日が勉強って感じですね。正直、余裕はまったくないです」

　時村くんは首を小さく横に振って、困ったように答える。

「頼りないなー。男なら自信がなくてもあるって言っておいたほうが得だよ？」

「あっ、じゃあやっぱり慣れてきたってことでいいですか？」

　香坂さんの言葉に、取ってつけたような返事をする時村くん。ふたりが噴き出すように笑う。

「でも、そうだよね。私も一年前はそんな感じだったな。学校出て、きちんと働くっていうのがそもそも初めてだったから……」

　もちろん在学中にアルバイトくらいは経験があるけれど、就職してみると全然違う。学生のうちにはなかった責任を背負うようになるので、とにかくいろんなことを覚えるのに必死だった。もちろん一年経った今も、まだまだ覚えるべきことは山積みだ。

「時村くんはラッキーだよ。倉橋さんは優秀なナースだからね。元気もいいし、愛想もいいし、話してると不思議と気分がよくなるんだ。……まぁ、そそっかしいところはあるけど」

「……で、ですよね。気を付けます」

吊り気味の目を細めてちょっと意地悪に言う香坂さんに、私は苦笑いした。

話の前半は置いておいて、後半については心当たりがある。先日は、香坂さんのバイタルチェックに来たときに、体温計を彼の枕元に置いたまま病室を出て行ってしまった。そういうケアレスミスは一年経ってもゼロにはなっていないのだ。

「いや、でもな、真面目な話、そういう間違いはどうでもいいんだ」

私がちょっとヘコんでいるのを見て、香坂さんが責める意図はないとばかりに声のボリュームを上げた。

「俺らみたいに難儀な手術を控えた人間にとって、前向きになれる言葉とか、優しい言葉をかけてくれる存在ってありがたいんだよな。君の先輩がまさにそう。病気なんて無縁だったときには深く考えたりしなかったけど。……俺も倉橋さんに何度も励まされたよ」

君、と時村くんを見つめて告げる香坂さんが、そのあと私の名前を呼びながらこちらに視線をくれた。私は首を横に振る。

「励ますとか、そういう大げさなことじゃないですよ」

かかわった患者さんは可能な限り元気な姿で退院してほしい。それは看護師として当たり前の感情だと思っている。すると、香坂さんがにやりとからかうように笑う。

「無意識に出る言葉だったとしたら、結構な人たらしだな」

「だって香坂さんのお店でコーヒーをいただいてみたいですから。励ましじゃなくて、私の願望です」

家で飲むコーヒーについて香坂さんにおすすめを聞いたことがあった。あまり詳しくない私にとって勉強になったけれど、それよりもコーヒーのことを話す香坂さんがとても楽しそうだったのが印象に残った。そういう店主が淹れるコーヒーは、きっとおいしいに違いないだろう。

「無事に手術を乗り切って生還した暁には、君たちを招待するよ」

「本当ですか？　うれしいです！」

うれしくてつい胸の前で手を合わせつつ、時村くんに視線を送る。彼も笑顔で「ありがとうございます！」と頭を下げた。

「――ならなおさら、今日のオペ、頑張らなきゃですよ」

「よろしく頼むよ」

香坂さんはいつも弱みを見せない人だ。元来の性格なのか、痛いとか気持ち悪いとかを限界が来るまで我慢してしまうタイプなのだと推測する。普段のコミュニケーションでも感情の揺れが見えないことがほとんどだ。

手術の時間が着々と近づいている今、こうして香坂さんと見つめ合いながら話していると、彼の瞳の奥に怯えが見え隠れしているのがわかる。

諒哉くんがそうだったように、香坂さんだって――子どもも大人も関係なく、誰しも手術は怖いのだ。

その恐怖をすべて取り除くことはできないけれど、少しでも軽減してあげられたらと願う。まだ新卒二年目の私が言うのはおこがましいかもしれないけれど、それも看護師の役目のひとつだと思うから。

「先輩、ワゴンOKです」

「はい、ありがとう」

時村くんがワゴンの片付けを済ませてくれたので、お礼を言ってから香坂さんの手を取った。そして、緊張のためか冷たくなっている手のひらをぎゅっと握る。

「……香坂さん。時村くんと一緒にコーヒー淹れてもらうの、すごく楽しみにしてますから。そのためにはサッと悪いところを取って、元気になりましょう。また明日、お伺いしますね」

「わかったよ。ありがとう」

香坂さんが優しく笑ってくれたのでホッとする。握った手を離し、私と時村くんは香坂さんの個室を出た。

「――香坂さんの手術、何時からでしたっけ？」

「四時間後かな」

ナーシングワゴンの前方を引きながら訊ねてくる時村くん。私は後ろ側を軽く手で押しつつ答えた。

「香坂さん、結構大がかりで難しい手術ですよね」

「大丈夫、上手くいくよ」

確かに簡単な手術ではないけれど――私は断言した。

「確信があるみたいな言い方ですね。なにか理由があるんですか？」

「まあ、いろいろね」

香坂さんの手術の執刀医は啓佑さんだ。百戦錬磨の彼の技術と判断力があれば、手術は順調に進むはず。そう信じている。

フィジカル面での問題は啓佑さんはじめオペチームにお任せするとして、私たちはメンタル面でのサポートを頑張らなければ。

「執刀医って確か黛先生でしたっけ。なら確かに、安心感ありますね」

「うん。そうだね」

まだ入職して一ヶ月少々の新人看護師にもそんな風に一目置かれるとは、さすが啓佑さんだ。

——ねっ、私の旦那様って、素敵な人でしょ？

……と、声を張り上げて自慢したくなる衝動に駆られるけど、ここはぐっと我慢。

仕事中は結婚指輪を外すことにしているし、この病院では結婚してからもずっと旧姓の倉橋で働いているので、入ってきたばかりの時村くんは、私が啓佑さんの妻であることを知らないはずなのだ。

看護師として半人前の私が、優秀な啓佑さんの奥さんである、というのは、なんだか引け目があって……自分からは言いふらさないようにしている。

でも、時村くんが啓佑さんを褒めてくれるのはうれしい。自分が褒められているわけじゃないのはわかっているけど、それでも、旦那様をよく思ってもらえるのは、妻として幸せなことだ。

ナースステーションまでワゴンを引いて戻ってくる。十時前。もしかしたら、一日でいちばんここがバタバタしている時間帯かもしれない。

私と時村くんは、部屋の隅で今朝の受け持ちの巡回の振り返りをはじめることにする。

「今回はどうだった？」

「倉橋先輩って採血上手ですよね。惚れ惚れしながら見てました」

「え、本当？　そんなこと言われたの初めてだよ」

思いがけず技術を褒められて半信半疑でいる私に、時村くんが大きくうなずく。

「本当です。僕、採血って学部の演習のときから苦手なので羨ましいです。手順がいっぱいあって、その分覚えることもいっぱいで」

「今ちょうど新卒の研修で採血やってるんだっけ？」

「そうです。駆血帯締めて、指を軽く握ってもらって、アルコール綿で注射する場所を消毒して――……って動作が、いざとなると緊張して抜けちゃうっていうか」

時村くんはテキストの文言をそのまま読み上げるみたいに口にしながら、ナチュラルに私の左手を掴んだ。そして、その文言の通りに半袖のナースウェアの下、肘の上の辺りをきゅっと圧迫してから、私の指先を包み込むように握らせる。それから再び腕の上部をくるくると円を描くみたいに擦ったりして――

「……わ、私もしばらくの間は苦手だし怒られてたよ。長谷川さんに、『針の角度注意して』って何度言われたことか」

啓佑さん以外の異性に、こんなに堂々と触れられることなんてないから……ドキドキして、声が上ずってしまう。

彼は以前から技術確認を主としたボディタッチが多々あるけれど、直に肌に触れられたのはこれが初めてだ。

……さすがにちょっとやりすぎかな、と思ってしまった。

とはいえ、所作に他意があるとは思えない。病院の新卒研修ではとなりの席の職員の腕を借りて採血することになっているから、そのときのことを思い出してつい手が出てしまったのだろう、とか。一年前、自分が言われた台詞を思い出しながら、目の前の後輩の顔をじっと眺める。

ふわふわと柔らかそうなマッシュヘアに、下がり気味の眉と二重のちょっと垂れた大きな目。高い鼻。緩やかに弧を描く唇――という、中性的な特徴に反する長い手足と、一七〇センチ代後半と思しき高身長は、比較的男性の少ないナースステーションでもひと際目立っている。

ある看護師は「笑うとくしゃっとなる目元がかわいい」と満面の笑みで話していたし、別の看護師は「素直で明るいところにきゅんとくる」と恥ずかしそうに感想をもらしていて――同期はもちろん。年上の先輩看護師の視線までも、彼に釘付けなのだ。

――みんなの言うように、時村くんは顔が整っているし、かわいいなと思うときもあるけど……でもやっぱり、啓佑さんには敵わないな。

「倉橋先輩?」

「あ、ううん、ごめん――えっと、なんの話だっけ」

いけないいけない。誰も聞いてないからって、心のなかで思いっきりのろけてしまった。やんわりと彼の手を遠ざけながら、直前の記憶を辿る。

「――そうそう、採血。長谷川さんに怒られたって話だよね」

「私がどうしたって?」

「は、長谷川さんっ」

後ろから顔を出してきたのは先輩看護師の長谷川さんだ。

学年でふたつ上の長谷川真希(まき)さんは、去年度まで私のプリセプターだった人だ。

「倉橋先輩が採血が上手なので、その話をしてました」

「いえ、あの、上手だなんて、そんなこと全然」

「すごいじゃない、倉橋さん！　プリセプティからそんなこと言われるなんて。なんだか一年間の重みを感じるなぁ」

プリセプティとは、プリセプターが指導する新人看護師を指す。長谷川さんは目を瞠ったあと、うれしそうに微笑んだ。

「実はまだ新人気分が抜けてなかったりもするんですけど……ドジで要領の悪い私の面倒をずっと見てくれていたのは長谷川さんですから。鍛えていただいて、本当に感謝してます」

「いえいえ。順調に育ってくれていて、元プリセプターとしてはうれしい限りね。異例の抜擢ってだけあるわ」

「そんな……長谷川さんがビシバシ指導してくださったおかげです。今だって長谷川さんがついてくださってるから相談しやすいですし、なんとかやれているというか」

二年目のプリセプターというのは、長谷川さんの言う通り異例の抜擢だったらしい。だからなのか、私のさらに上にシニアプリセプターという形で、引き続き長谷川さんがついてくれることとなった。長谷川さんと私のふたりで、時村くんを見ているような形だ。

サバサバしている彼女は相談しやすく、とてもよくしていただいている先輩。さすがに私ひとりで新卒の子の指導なんて——と恐々としていたので、とても心強い。

「時村くん的にはどう？　倉橋さんの指導」

「ほ、本人の前では答えにくいですよ。ね、時村くん？」

長谷川さんが明るい調子で時村くんに訊ねるけれど、プリセプター本人の前では否定的な意見は言いづらいに決まっている。返答に困るのでは、と思い先にフォローした——つもりだったのだけど。

「倉橋先輩と一緒にいるととても勉強になります！　僕も先輩みたいな素敵な看護師を目指して頑張りたいと思ってます」

時村くんは迷いのない澄んだ瞳でそう言い切ると、その瞳を細めた。

「入職してすぐに、入院患者の子どもが急変したときがあったんです。それで、緊急オペになったんですが、容体が安定していたときだったのでお母さんがひどく取り乱してしまって……」

きっと、そのときの光景を思い出しているのだろう。時村くんは興奮した口調で続けた。

「そんなお母さんを優しく親身に励ましてる姿がカッコよかったんです。直接オペに携われなくても、患者さんの家族に寄り添うことができるんだって、感動しました！」

「は、恥ずかしいな、そんな……」

先輩である長谷川さんの前でベタ褒めされると恐縮してしまう。

……あれは四月の初旬。松元ひまりちゃんという小学二年生の入院患者に、急遽オペが必要になったときのこと。彼女は長期的な治療が必要で入院しているのだけど、ここしばらくは容体が安定していて、そろそろ一時退院できるかもね、なんて話も出ていた。そのなかでの急変だったので、そのとき傍にいたお母さんはとてもショックを受けて、くずおれんばかりだった。

こういう場面でいつもお手本になるのは、いつかの啓佑さんのふるまいだと思っている。

私が初めてこの病院を訪れたときの彼みたいに、少しでも患者さんの家族が安心してくれるような対応をしたい。そう目標にしているのだけど、どうやらそのときのできごとが時村くんの胸を打ったらしいのだ。

「これからもご指導よろしくお願いします！」

――病棟の女性看護師がノックダウン必至の、時村くんスマイル。爽やかで、かわいくて、思わず撫でてあげたくなるような。

「は、はい、こちらこそ……よろしくお願いします」

さっき、香坂さんが私のことを人たらしと言っていたけれど、私からしてみれば時村くんのほうが何倍もそうだと思う。この屈託のない笑顔を見てしまったら、好感を抱かずにはいられないのではないだろうか。

私も彼に対して、異性としてではないけれど、かわいい後輩だという感情は生まれつつある。こんな風に、看護師としての自分を慕ってくれるのであればなおさらだ。

「……時村くんは一年前の倉橋さんを見てるみたいだね」

時村くんを見つめていた長谷川さんがぽつりとこぼす。

「私ですか？」

「そう。明るくて素直で、勉強熱心でしょ。患者さんのことも気にかけて、コミュニケーションも積極的に取ろうとしてるし……手際がちょっと、ってところまで、まるっとそっくり」

長谷川さんは言葉の最後でいたずらっぽく笑った。

……う、耳が痛い……。

「倉橋先輩と似てるなんて、うれしいですっ」

こちらをちらりと見てから、また時村くんスマイルが炸裂。

私の立場を羨ましいと思ってる女性看護師がたくさんいるのを知っているから、そういう人には堪らないシチュエーションなんだろう。出勤や退勤のロッカー室で一緒になったときに「いいなぁ」というため息や、いわれなき悪態をつかれたりしたことは一度や二度じゃない。

黛先生との結婚を発表したときといい、この病院での私はつくづく同僚に睨まれやすい立ち位置にいるようで、なんだか寂しい。

「あ、時村くん、新卒研修の担当が時村くんに用事あるようなこと言ってたけど、今行ける？」

別の同僚看護師が、時村くんの姿を見つけて話しかけると、時村くんは長谷川さんと私、双方に指示を仰ぐ視線を飛ばしてきた。私と長谷川さんが目配せをしてうなずいて問題ないことを示すと、彼も大きくうなずいた。

「あ、はいっ。……それじゃ倉橋先輩、長谷川先輩、失礼します」

ナースステーションを出て事務局に向かう時村くんの背中を見送ったあと、私も長谷川さんに頭を下げてその場を離れようとした。けれど長谷川さんが、「ちょっと待って」と、私を引き留める。そしてナースステーションの外に私を連れ出し、声を潜めて続けた。

「――時村くん、大丈夫？」

「はい、今のところは問題ないと思います。わからないことは積極的になんでも訊いてきてくれますし、真面目にやってくれていると……」

「そうじゃなくて」

彼の勤務態度について思うところを述べている途中で、ちょっと険しい表情の長谷川さんに遮られた。

「時村くんの態度よ。ずいぶんなつかれてるみたいだけど、倉橋さん、大丈夫？」

「えっと……それって？」

長谷川さんがなにを言わんとしているのかがわからなかった。意図が伝わっていないことに彼女もすぐ気が付いたようで、小さく笑ったあと、言葉を選びながらさらに続けた。

「ごめん、私の思い過ごしならいいんだけど……時村くん、倉橋さんに気があるんじゃないかなぁ、って」

「え⁉」

おどろきすぎて、廊下を歩く看護師や患者さんが振り返ってしまうくらい大きな声を出してしまった。その人たちに慌てて頭を下げて謝ったあと、それまでよりももっと声を潜める。

「――ごめんなさい、でも、そんなことあるわけないですよっ……」

「お昼もいつも一緒食べて仲良さそうに話してるって聞くし、倉橋さんと話してるときの時村くん、すごく楽しそうだしね」

「そんな、一緒に動くことが多いから休憩のタイミングも同じになるだけです。話してる内容も、半分以上は仕事のことですし。そもそも時村くんは誰と話してても楽しそうですよ」

混乱しつつも、長谷川さんのひと言ひと言に反論しないわけにはいかない。

時村くんと組んで仕事をしている以上、同じ時間、同じ場所にいるのは避けられない。ましてや彼は看護師とはいえ、まだ資格を取ったばかりで自分ひとりではなにもできないことが多いのだから、なおのこと自分の仕事を見せながら覚えてもらわなければいけない。それはシニアの長谷川さんなら理解してもらえるはずだ。

仲が良さそう、というのも大げさな気がする。

時村くんのプリセプターとなったからには、彼に信頼してもらえる存在でなければいけないだろう。そのために、彼とコミュニケーションを取るのは必要なことで、普段から気軽に相談できる関係性を作っておかなければ、なにかあったときに相談してもらえなくなってしまう。これは、長谷川さんに指導してもらった私が身を以って感じたことだから断言できる。

でも時村くんはもともとコミュニケーション能力の高い人らしく、昼休憩で一緒になった看護師や医師に自分から話しに行くタイプだから、私じゃなくても誰かしら相談できる人が現れそうだから心配ないな、とも思いはじめているけれど。

「倉橋さんの言い分もわかるんだけど……たとえばさっき腕触ったりしてたのは？」

長谷川さんの追及に少しおどろく。彼女はあの様子を見ていたのだ。私が、ちょっとやりすぎかも――と思った、あの瞬間を。

「あ、あれは、採血の研修が上手くいかないって話で……その流れで」

「倉橋さんもなんとなくわかってるとは思うけど、ああいうのって指導の一環でやってもらうことはあるけど、普段の話の流れですることじゃないかな、と思うんだ」

一度は私も辿った思考をしっかりと言葉にされて微かにたじろいだ。

……確かに、彼の行動は行きすぎていたのかもしれないけど――下心なんて見えなかったし、彼はああいうボディタッチをなんとも思わない人なのではないだろうか。深い意味はなさそうに感じる。

そうでなくても、いかにも女の子受けしそうな時村くんが、私みたいな年上の地味な先輩に好意を示すわけがない、両手を前に出して小刻みに振った。

「ないです、ないです！　彼が私に……なんて、そんなこと。彼も他意はなかったんだと思いますよ。少し前まで学生だったわけですし、これからそういう距離感みたいなのも覚えていってくれるんじゃないかと……」

そこまで言ってから、「あ」と小さくつぶやく。

「――というか、そういうところも私が注意するべきでしたね、すみません」

プリセプターとして教えることは、技術や病院内での動きだけではない。社会人としてのふるまい方も伝えていかなければならなかった。

珍しく勢い込む私に圧倒されたらしい長谷川さんは、困ったように笑ってからふっと息を吐いて、腰に手を当てる。

「まぁ、他の看護師からそういう話を聞いて、確認したわけなんだけど……この職場でいちばん彼のことをわかってそうなのは、プリセプターの倉橋さんだろうから。倉橋さんがそう言うなら、これ以上なにも言わないよ」

私の言い分を認めてくれたということか。彼女がにこっと快活な笑みを浮かべる。

「――でももし困ったことがあったら言ってね。できる限り力になるから」

「あ、ありがとうございますっ」

私のことを気にかけて、きちんと話を聞いてくれる長谷川さんは、やっぱり頼りになる先輩だ。

私はお礼を言って、長谷川さんともどもナースステーションに戻ったのだった。

「それじゃ、いただきます」

「いただきます」

ダイニングテーブルで啓佑さんと向かい合いつつ、両手を合わせて彼に倣った。

今日は帰りにバタバタしてしまったので、簡単にカレーライスをメインにして、ナッツと豆のサラダを添えた。

和食好きな啓佑さんだけど、意外とカレーライスや焼きそばなどの一品料理も好きだったりするので、時間がないときや少し疲れているときなどに助かっている。

今年度に入ってから私が以前より忙しくなったことを、啓佑さんも理解してくれている。週によっては一品料理ばかりになってしまうこともあるけれど、彼は絶対に文句を言ったりせず、すべておいしそうに食べてくれるのがありがたい。

「啓佑さん、香坂さんのオペお疲れ様でした」

スプーンを手に取る前に、私は姿勢を正し、正面に座る彼に頭を下げた。すると彼はふっと頬を緩ませる。

「ありがとう」

「本当は啓佑さんのいちばん好きな和食で労いたかったんだけど、今日は私も時間がギリギリで」

オペはかなりの精神力と体力を消耗する、と聞いているから、そんな疲労困憊のときには好みのご飯でホッと一息ついてもらいたいと思うのだけど、そんな気持ちとスケジュールとが噛み合わないときもあって申し訳ない。

「ううん、こうやって用意してもらってるだけでもありがたいよ。それに、実織のカレー、おいしくて好きだしね」

「そう言ってもらえるとうれしいな。おかわりあるから、よかったらいっぱい食べてね」

「昼食べられなかった勢いで、たくさん食べちゃいそうだな」

啓佑さんがうれしそうにカレー皿に視線を落とした。

私が作る倉橋家のカレーの具材は、ごくごくベーシックなジャガイモ、にんじん、たまねぎ、牛肉。それぞれがゴロゴロと大きめに切られていて食べごたえがあり、隠し味として少し砂糖を加えたもの。この幼いころから慣れ親しんだ味を、啓佑さんにも気に入ってもらえたので、わが家のカレーもこれが定番となりつつある。

「それで、香坂さんのオペなんだけど……難しいって話だったのに、予定時間よりも早く終わって、出血量もかなり少なかったって聞いたよ？」

私はスプーンの端でジャガイモを半分に割りながら訊ねる。

「うん、想定のなかでのいちばんいい形で終われたんだ。このまま順調に回復してくれたらいいんだけどね」

「よかった」

準夜勤の看護師との引き継ぎが済んだあとだったので、病棟では無事に手術が終わったことしか把握できなかった。でも、啓佑さんがそう言うのなら、大成功したということだ。香坂さんの顔を思い浮かべながら胸を撫で下ろした。

スプーンのジャガイモを口に運びつつ、啓佑さんの顔を見る。同じくひと口大のジャガイモをスプーンに載せた彼が、ふとなにかを思い出したみたいに首を傾げた。

「そういえば香坂さん、聞き間違えじゃなければ、手術後のＩＣＵで『ふたりにコーヒー淹れてやらなきゃ』みたいなこと言ってたんだよね。あれ、なんだったんだろう」

「……あ、もしかして病室で約束したことかな」

「約束？」

「うん」

私は啓佑さんに、香坂さんの病室であったできごとを話した。

「なるほど、そのために長時間の手術に耐えてくれたのかもね。……さすが実織だね。患者さんの心に寄り添って、勇気づけてあげられたって証明だよ」

「私はただ、思ったことをそのまま言っただけなんだけど……でも、その言葉もあって手術の心細い時間を乗り越えてくれたなら、私もうれしいって思うよ」

意識がもうろうとしているなかで、私たちとの約束を覚えていてくれた。そのために頑張ろうと思ってくれたのなら――少しでも香坂さんの役に立てたのならよかった。

「楽しみだなぁ。香坂さん、私と時村くんのこと、本当にお店に呼んでくれるかな」

カレーの出来は上々。ジャガイモを咀嚼して飲み込んでから、病室での会話を思い返してつぶやく。

「時村くんもいたんだね」

食事のときには、お互いの職場が同じということもあり、仕事の話をすることが多い。私の話をするときは時村くんもたびたび登場するため、啓佑さん自身はあまり彼と絡むことはないけれど、存在をよく知っている、というわけだ。

私は深くうなずきながら、右手に構えるのをフォークに変え、サラダに入っているきゅうりを刺した。

「そうそう。……自分も仕事のすべてを理解してるわけじゃないのに、教えるのって難しいよね。去年の長谷川さんの気持ちがなんとなくわかってきたところ」

「実織は二年目だから余計にそう思うのかもね。でも、教えながら勉強できる部分もあると思うから」

「うん。そこで吸収できるものはしようって思ってる。食事も含めて、そのために啓佑さんに我慢させちゃうことがいっぱい出てきちゃうかもしれないけど……」

ただでさえ日々記録するものが多いのに、プリセプターになってからというもの、追加で報告書の提出が乗っかってきていて、それが五月になってボディーブローのように効いてきている。

原則的に書類の持ち帰りは禁止されているので、家に帰ってゆっくり書く……というわけにもいかないのが難しい。

この分では、三か月先、半年先がどうなっているのか心配になるくらいだ。

素直に不安を吐露すると、啓佑さんはいつもの、心がじんわりと温かくなるような微笑みを湛えた。

「大丈夫、それは問題ないって言ったはずだよ。俺たちは医療従事者なんだから、仕事が最優先なのは当たり前だよ。俺のことを気にかけてくれるのは本当にうれしいけど、自分の仕事がやりやすいような予定の組み方をしてくれていいんだからね。俺も、自分のことは自分でするし、実織の分までできるときはそうしたいと思ってる」

「ありがとう。……うん、そうさせてもらうね」

奥さんである私は、できる限り家事をしっかりこなさなければ――という考えがあるから、それがなかなか上手くいかなくて焦ってしまっていたけれど、当の啓佑さんが協力的な姿勢でいてくれるのが本当にありがたい。

――好きな仕事の資格を持っていて、希望の病院に就職できて。しかもこんなに素敵で理解のある旦那様がいるなんて……私、こんなに幸せでいいんだろうか？

自分の思い描いていた以上の未来を歩んでいるのだと思うと、そのうちバチでも当たるのでは、と心細くなるときがある。一度それを啓佑さんに話したら、『なら俺もいつかバチが当たりそうだね。好きな仕事を思う存分できている上に、実織みたいなかわいくて頑張り屋さんな奥さんをもらえたんだから』なんて言ってくれた。……もう本当、幸せすぎて怖いっていうのはこういう状況なんだなぁ、と実感している。

「プリセプティの時村くんなんだけど……長谷川さんにね、『時村くんは一年前の倉橋さんを見てるみたい』って言われて」

サラダに入れたクルミとアーモンドスライスは、カレーを煮込む間に軽くフライパンで炒ったおかげもあって、香ばしくいいアクセントになっている。レモンビネガーの効いたドレッシングとも相性がいい。私は長谷川さんの台詞を思い出しながら言った。

「実織に似てるんだ?」

「そうみたい。一年前の私って、やる気だけで動いてるところがあったけど、彼も一生懸命で、早く仕事を覚えようって気持ちがあるのは伝わってくるんだよね」

「俺も真面目に元気よく頑張ってる実織の姿、すごく印象に残ってるよ」

私につられたのか、サラダの器を手前に置く啓佑さん。……うれしい半面、悪目立ちしていなければいいんだけど。

「でも接しやすい子でよかった。新卒のプリセプターになるなんて、最初話をいただいたときは全然自信なくて、断るべきなんじゃないかと思ってたけど……時村くん、いい子だし一年間一緒にやっていけそう」

どういう新卒が病棟に配属されるかは完全に運なので、コミュニケーションを取りやすい人、というだけでも助かっている。過去には、プリセプティとの相性が悪くてプリセプターを交代するケースもあったらしいから、そうならなくてよかった。

「長谷川さんに『手際が悪いところまで同じ』なんて言われて、ちょっと恥ずかしかったな。確かに時村くん、抜けてるところがあって、看護記録の記入欄をずれて書いたりとか、回診の病室間違えて行っちゃいそうになったりとか……笑ったら悪いなと思うけど、やっぱり笑っちゃうよね」

それらの場面の、時村くんの「やってしまった」っていう顔に悲壮感があって、面白かったのもある。脳裏に浮かんだなんとも言えない彼の表情に、私はつい笑いをこぼした。

「今日もね、香坂さんに仕事が慣れてるかどうか訊かれて、『余裕ない』って正直に答えたら、『男なら自信がなくてもあるって言ったほうが得だよ？』って返されてね。そのあと慌てて『じゃあやっぱり慣れてきたってことでいいですか？』って……意外と、お調子者っぽいところもあるみたいなんだよね」

完全なる先入観なのは承知で——イケメンで爽やかでモテそうな男の人って、あんまりふざけて見せたりしないというか、澄ましている人が多いと思っていたから、そういうタイプの子もいるんだ、と意外に思ったりした。

リアクションがないこと気付いて、再び意識を目の前の彼に注ぐ。啓佑さんは医学関係の書籍を読んでいるときのような、神妙な面持ちだった。

「……あ、ごめんね、私ばっかり話しちゃって。オペで疲れてるのに」

オペが終わってさすがに仕事のことはいったん置いておきたい気分かもしれないのに、私がそういう話をしたらゆっくりできないに決まってる。

……私ったら、気が利かないな。

考えなしの行動だったことを恥じつつ、慌てて謝る。

「いや」

啓佑さんははっとしたあと、気にしていないとでも示すように笑って見せる。

でも、すぐに視線をカレー皿でも、サラダの器でもない場所に落として黙ってしまった。

……啓佑さん？

こういう啓佑さんは珍しい。普段の彼はいつも穏やかな雰囲気で、こんな、考え込んでいるような――ちょっと話しかけにくい雰囲気でいることはほぼないのに。

「なにかあったの？」と訊ねようとして、啓佑さんが私をまっすぐに見つめた。

「ごめん、実織の言う通り、今日は少し疲れてるのかもしれない。早めにシャワー浴びて休もうかな」

「うん、そうして。お風呂のボタン、押してくる」

言うが早いか、私は席を立ってキッチンのなかにあるバスルームのリモコンを操作して、浴槽にお湯を張る手配をする。

「ありがとう」

背中から聞こえる啓佑さんの声は、普段通り優しい。

きっとすぐにでも休みたいくらい、とても疲れているに違いない。まだ啓佑さんとあれこれ話したい気持ちもあるけれど、私はそれをぐっと堪えることにする。

「っ！」

ダイニングテーブルに戻るため振り返ろうとすると——後ろから、啓佑さんに抱きしめられていた。

「……ど、どうしたの？」

啓佑さんの腕に触れながら訊ねると、彼はその腕により力を込める。

「実織も早くお風呂に入って。……最近忙しかったから、今夜は実織を独占したい。だめ？」

ちょっと照れくさそうに訊ねる囁き声にドキドキする。

——それって……と顔が熱くなる。最近もまた、お互いの寝るタイミングが合致せず、別々のベッドで寝る日々が続いているように思う。

「う……うんっ……！」

私も啓佑さんを独り占めしたい。彼のことが大好きだから、愛されているという実感はいつでも、何度でも味わいたい。

うなずいて振り向くと、啓佑さんが優しく私の唇を奪った。一年前は知るはずもないと思っていた、彼の唇の感触が甘くて、心地よくて、今しがたの些細な不安なんてかき消えてしまう。

啓佑さんとの甘い時間は、私の心にひとときの高揚と安らぎを与えてくれたのだった。

そんなことがあった翌日の夜。この日の私のシフトは準夜勤。
患者さんたちのバイタルチェックや、夕食の配膳、夕食の介助などを終えると、

二十時を回っていた。そろそろ順次休憩を取る時間帯なので、自分のお弁当箱と飲み物を持った私は、足早に例の休憩室代わりの空き病室へと移動した。

実はこの部屋でひとりで食事をするのは久しぶりだったりする。というのも、新年度に入りプリセプターとなってからは、なにか特別な事情がない限りは時村くんと行動をともにしている。ということは、休憩時間も彼と被るわけで——そういう場合は、ナースステーションの奥にある大きめの休憩室か、日勤なら中庭などで過ごすことが多かった。

——でも、長谷川さんにあんなことを言われちゃった翌日だから、食事を一緒にとりづらくなってしまった。

私と時村くんがなにも思っていなかったとしても、周りに変な目で見られてしまうのであれば控えるべきなのだ。それが社会人としての弁えだろう。だから、誤解を招かないように、こうしてひとりになれそうな場所に移動してきたわけだ。

ところが——

「倉橋先輩、います?」

ノックとほぼ同時に扉が開いたので、慌ててそちらを見ると——まいたはずの時村くんがグレーのトートバッグを片手に立っていた。

私が室内にいるとわかると、彼の垂れた二重がうれしそうに細められる。

「――やっぱりここにいた。やだな、置いていかないでくださいよ」

「ごめん、そういうつもりじゃなかったんだけど……よくここがわかったね？」

図星を突かれて焦ったものの、認めるわけにはいかなかった。私は乾いた笑みをこぼしつつ、どうして居場所を突き止められたのかが気になって訊ねた。

「休憩で使える部屋って限られてますしね。それに、先輩を探していたら藤倉先輩と村上先輩が教えてくれたんです。前年度まではよくこの部屋で休憩取ってたって」

「そ、そうなんだ」

――なるほど。あのおふたりなら張り切って教えてくれそうだ。

というか、よもや時村くんと私がすごく仲が良いという話を広めているのは、彼女たちなんじゃないかという気がしてきた。ふたりは相変わらず啓佑さんに興味津々だし、いっそ私と啓佑さんが結婚していることさえ忘れて、なにか亀裂を入れるきっかけを探しているのではと思えるから。

「これからご飯でしょう。一緒に食べてもいいですか？」

「……あ、う、うん」

すでにトートバッグのなかからおにぎりやらお弁当箱やらスープジャーやらを取り

出している彼に、だめとは言えなかった。

「香坂さん、本当によかったですよね。術後の回復も順調ですし」

「うん、そうだよね」

仕方なく、私も自分のお弁当箱の中身を広げはじめる。

勤務開始直後、引き継ぎをした私たちは、ＩＣＵにいる香坂さんのもとへ行ってリハビリに付き添った。

大手術の直後にリハビリというと、患者さんに無理をさせているような感じがするかもしれないけれど、ずっとベッドの上で過ごすことによる合併症を防ぐ意味でも、早期離床を目指すのが一般的だ。香坂さんの身体にはたくさんのチューブがつながっていたけれど、どうにかベッドの脇に立つことができて、ご本人もうれしそうにしていた。

「倉橋先輩の言う通りになりましたね」

時村くんもお弁当は手作り派だ。しかも、自分で作るのが好きらしい。……そういうところも、周りの女子からポイントが高いのだろう——なんてぼんやり思っていると、彼がにっこり笑った。

「え、なにか？」

「オペ、絶対に成功するって。あれだけ難しいって言われてたのに」

「……うん」

執刀医が啓佑さんだと知ってから、私は絶対に成功すると信じて疑わなかった。

消化器外科病棟のなかで、啓佑さんが執刀すると必ず上手くいく、というようなジンクスが流れつつあるくらい、彼の技術力が卓越しているから、というのが理由のひとつだけれど、彼が仕事のために自分のプライベートのほとんどの時間を捧げているのを、もっとも身近にいる私だからこそ、よく知っている。だから偶然や奇跡なんかじゃなく、その努力の結果がついてきているだけなのだ。

「さすが倉橋先輩だな。そんなことまでわかっちゃうんですね」

別に私がすごいわけじゃないのだけど、私を褒めた時村くんは、私のお弁当箱の中身を覗き込む。

「いつもながらおいしそうなお弁当ですね。欠かさず持ってくるのって、なかなかできないことだと思います」

「時村くんこそ、いつも手作りじゃない」

「料理は好きなので義務感がないんです。とはいえひとり暮らしだとやらなきゃいけないことも多くて、他の家事は週末にまとめて、とか、そんな感じですけどね」

お弁当箱の中身は定番の玉子焼きとアスパラのベーコン巻き。スープジャーの中身はわかめと豆腐のお味噌汁。ふたを開けると、おいしそうな匂いが漂う。……なるほど、ちゃんとしてる。

「一年目は余裕なくてコンビニの子も多いから、やっぱりえらいと思うな」

「先輩は一年目のときはどうしてたんです？」

「私は……コンビニでご飯を買う習慣がないから、やっぱり自分で作ったものを持ってきてたけど」

「それこそ大変じゃなかったんですか？」

「私ももともと料理が好きなんだ、実家のころからよく作ってたし、日常の一部というか」

「だから上手なんですね。……いつも、先輩のお弁当を見ておいしそうだなって思ってました。参考にしたいなって」

今日の私のお弁当の中身は、昨日のハンバーグの残りとマカロニサラダ、小エビとブロッコリーの炒めもの。それらを詰めたあと、サニーレタスやミニトマト、スライスしたゆで卵などで隙間を埋めている。これに昆布のおにぎりがつく。いつもと同じ、昨日の残りものをベースにした、ありふれたお弁当。

やや俯き気味にそのお弁当を眺めていた時村くんが、不意に顔を上げた。そして。

「――本当、先輩の作ったお弁当を食べられる男性が羨ましいですよ」

「っ？」

「先輩と結婚したら、毎日こういうのが食べられるんですかね？　……それって、素敵ですね。僕、憧れるなあ」

……それってどういう意味……？

ただの仮定の話かと思いきや、意味深につぶやかれる台詞の真意を探っていたそのとき、部屋の扉が開いた。

「あら、ちょっと気分転換しようと思ってたのに、先客？」

「麗さんっ……」

コーヒーのペットボトルを胸に抱えた麗さんが、こちらを見て少し残念そうに言った。

「中牟田先生、お疲れ様です」

後ろを振り返らないと扉が見えない位置関係の時村くんは、律儀に立ち上がって麗さんのほうを向き、頭を下げた。

「お疲れ様。ごめんなさいね、楽しそうなディナータイムをお邪魔しちゃって」

「いえ、あの、全然」

楽しそう——に聞こえたのだろうか。困った展開になってしまって、内心でハラハラしていたのだけれど。反射的に首を横に振って答える。

「中牟田先生はお食事じゃないんですか？」

「いいえ、病室で与薬の説明をしてただけ。その帰りに明かりがついていたものだから。……賑やかな話し声につられたっていうのもあるけどね」

疑わしげな彼女の視線がぐざぐざと突き刺さる。言外に責められているのがよくわかった。

「そ、騒々しくてすみませんっ」

「あの、僕がしゃべりすぎてただけですから。倉橋先輩は悪くないです！」

私も立ち上がって頭を下げると、時村くんが即座にフォローを入れてくれる。麗さんの視線が、今度は彼に移った。

「時村くん、だったかしら」

「はい！　覚えていただけてうれしいです」

爽やかに返事をすると、ナースステーションの看護師をメロメロにしている時村くんスマイルを浮かべた。

ところが麗さんには効果がなかったようだ。彼女は表情ひとつ変えずにこう言った。

「よろこんでもらえたところ悪いけど、ちょっと実織さんとふたりきりにしてくれる？　込み入った話があって」

「……あ、えっと」

時村くんが言葉に詰まる。テーブルを振り返り、自身の食事と、私の顔とを見比べている。

「ごめんなさいねー、食事がはじまる前でよかったわ。はい、これどうぞ」

麗さんはあまりそうは思っていないような口調で室内に入ってくる。そして、側に置いていたトートバッグに、アルミホイルの包みを解く前のおにぎりを入れ、ふたを閉めたお弁当箱やらスープジャーやらを詰め直した。

そのトートバッグを時村くんに差し出す彼女は、首を傾げながら、有無は言わせないとばかりに微笑んでいる。

「しょ、承知しました。じゃあ倉橋先輩、また後ほど。……中牟田先生、失礼します」

「う、うんっ……」

時村くんとしては立ち去らずにはいられない状況だろう。彼は、バッグを受け取りそそくさと部屋から出て行った。

「……麗さん、あの、話って……？」

時村くんが去り、閉まった扉を冷めた瞳で見つめる麗さんに訊ねる。

「そんなものないわ」

「えっ？」

「実織さんが私の姿を見つけた瞬間に助けてほしそうなサインを出していたように感じたから。それであの子を追い払ったんだけど……余計なことだったかしら？」

たった今まで時村くんが座っていた椅子に、今度は麗さんが座った。抱えていたペットボトルをテーブルの上に置き、すらりとした足を組む。

「いえ、大変助かりました！　ありがとうございますっ」

もう一度深々と頭を下げてから、私もその場に座る。……そっか、つまり麗さんは私に助け舟を出してくれたわけか。

「まぁ、あんなに泣きそうな目で見られたら、ねぇ。手を差し伸べないわけにはいかないでしょう」

「そんな顔してました……？」

「してたわよ。地獄で会った仏とばかりにね」

時村くんの口から予想外の台詞が飛び出てきたものだから、動揺していたのは確かだ。そこにたまたま通りかかった麗さんに、ホッとしたのも。

「噂に違わず、仲が良いのね。時村くんと」

「噂？　麗さんにまでなにか情報が行ってるってことですか？」

「ナースステーションに少しの間いるだけで、その手の話は耳に入ってくるものなのよ。ちょっと仲が良すぎるんじゃないか、とか……ひどいものだと、院内不倫を疑うような声もないわけじゃないわ」

「そんな！　……見ての通りですよ。ただのプリセプターとプリセプティです」

本当にひどい言いがかりだ。……想像で言うにもほどがある。

私はいつになく語調を強くして反論した。それでも、麗さんは小さくため息を吐いてどこか厳しさを宿す瞳でこちらを見ている。

「こんな人目につかないところでふたりきりで食事してるのに？」

「ご、誤解ですっ、それは――」

示し合わせたわけじゃないし、そういう下心を持っていたわけでもない。

上手く距離を取れなかった私が悪いと言われればそれまでなのだけど……。

さらに反論しようとしたところ、彼女がサッと前に手を出して制した。まるで、語らずとも理解しているとでも示すように。

「ま、実織さんのことだから、大方シニアの長谷川さんから指導が入ったから彼を避けようとしてここに来たのを、逆に捕まえられたってところなんでしょうけどね」

「……その通り、です」

見事な推理だ。私が浮ついていないことの証明ができたような気になってホッとした。

目鼻立ちのはっきりしている麗さんは、ナチュラルに施されたメイクが取れかけてくる時間帯でもやっぱりきれいだ。追及されているというのに見惚れてしまう。

「難しいわよね。プリセプティが仕事で躓かないようにサポートするのがプリセプターだから、突き放すわけにもいかないし。男女の組み合わせって、私情が入ったときに面倒だから避けるべきね」

美人の真顔というのは特に美しい。テーブルに軽く肘をついて、人差し指を唇に当てながら言う彼女の言葉のなかに、引っかかる単語があった。

「私情……？」

「まさか気付いていないわけじゃないでしょ。今日もあれだけ積極的にアピールされておいて」

「聞こえてたんですか？」

麗さんがこの部屋に入ってきてからは、特に時村くんと会話らしい会話はしていない。とすると、彼女が入室前にそれまでのやり取りを聞いていたということになる。

「ごめんなさいね、ちょっと立ち聞きしちゃった。でも話を遮るタイミングとしてはちょうどよかったでしょ？」

私の予想通り、麗さんはやはり扉の外から私たちの会話を聞いていたのだ。そして、彼が紡いだ意味深な台詞も。

「……あれは、もしそうだったらというたとえ話ですよ」

「そうかしら？　私には誰にも見られていないのをいいことに、口説いている風にしか聞こえなかったけど」

言葉遣いはソフトだけど、麗さんの語調は断定的だった。

「な、ないですよ――口説くとかじゃないです。だいたい、時村くんみたいにいくらでも女の子を選べる子が、私に興味を示すとは思えないです。相手が麗さんみたいな素敵な人だったらあり得るのかもしれませんが」

一瞬もしかしてと焦ったけれど、冷静に考えてそんなわけないと思い直す。自分が女性として客観的にどう思われているかは心得ているつもり。だからあの台詞に深い意味はなかった、ということでしかないのだ。

「じゃあ啓佑はどうなるのよ」

ちょっと拗ねたような麗さんの声に、うっと言葉に詰まった。

「いちばん身近に例外がいるのを忘れないでよね」

――そうだった。啓佑さんも数多の女性に狙われていたんだった。

というか……どれくらい本気なのかはわからないけれど、現在進行形でも狙われていることを思い出した。脳裏に、藤倉さんと村上さんの姿が浮かぶ。

「啓佑も啓佑で、やっぱり新卒の看護師の憧れの的になってるみたいね」

「啓佑さんは医師としても、男性としても素敵な人ですからね」

忙しいのに、彼は看護師たちの動きをよく見ているし、気にかけてくれている。ときにはアドバイスをくれたり、労いの言葉をくれたりもして――そういう優しさが、やるべきことや覚えるべきことに忙殺されている新卒看護師の励みになる。容姿ももちろん素敵だけど、彼のそういう人間性に惚れ込む人も多そうだ。

「呑気に共感してる場合じゃないわよ。私は忠告してあげてるの」

麗さんの声が不機嫌になったので、急に心細くなった私は姿勢を正した。そして、完全に食べるタイミングを失ってしまった、広げたままのお弁当に視線を落とす。

「最近の若い子っていうのは積極的だし怖いもの知らずよね。啓佑が既婚者で、同じ病棟に奥さんがいるっていうのに、『一緒にご飯行きたいです』なんて言って猛アタックしてくるの」

「そ、それで啓佑さんはなんて？」

「もちろん角が立たないように断ってるみたいよ」

「……そうですか」

――よかった。疑っているわけではないけれど、啓佑さんの周りには常に彼とかかわりを持ちたい女性がいる。結婚してからも。そういう人がゼロになったわけではないから、心配は尽きない。

「だけど……時村くんとの変な噂が広がって、啓佑に愛想尽かされないようにしたほうがいいわ。真偽がどうであれ、自分の職場で妻の不貞が噂になるのは気分悪いでしょうし」

安心するのはまだ早いと言いたげに、麗さんがやや早口に捲し立てた。

「そ、そうですよね。……私も、啓佑さんに誤解されるのはいやです」

無実が事実であるように言いふらされるのも、それが啓佑さんの耳に入るのも、どちらも避けたい。私のことで啓佑さんに迷惑がかかるのも申し訳ないし。

「長谷川さんに頼んで休憩ずらしてもらうとか、なにか考えたほうがいいわね。今のままだと実織さんも立場が悪くなるのはわかるでしょう？」

「……そうですよね。麗さんの言う通り、行動に移さないといけないですよね。……こういう仕事以外のことで手を煩わせるのは気が引けるんですけど、長谷川さんに相談してみます」

「それがいいわ」

この部屋に入ってきて初めて麗さんが笑みを見せた。美人の真顔は美しいけれど、やはり笑顔には敵わない。

「――初めてのプリセプターで張り切る気持ちはわかるけど、線を引くべきところはちゃんと引いて、相手にも示さないと。実織さん、ガードが甘いところがあるから」

「……気を付けます」

うなずきながら、時村くんが私に異性としての興味を抱いているなんて、まだ信じられないでいた。正直、きっと勘違いだろうという気持ちのほうがまだ強い。

けれど、真実がどうであれその可能性があるのなら、距離を置くのは大切なことに違いない。でなければ、行く先は針のむしろだ。

「休憩の邪魔したわね。それじゃ、私は医局に戻るから」

話に区切りがつくと、麗さんはテーブルの上に広げたお弁当を一瞥して短くそう言い、立ち上がる。

「ありがとうございました。お疲れ様です」

立ち上がって麗さんを見送る。途中、部屋を出ようと扉に手をかけた麗さんが、ふと思い立ったように立ち止まり、振り向いた。

「……私の勘だけど、あの時村くんって子、一筋縄ではいかないタイプだと思うわ」

「えっ、どうしてです？」

「だってあざといじゃない。実織さんに限らず他の看護師にもわざわざ『先輩』だなんて媚びた呼び方して。発言もいちいち健気だし」

「こ、媚びてますかね？　それに、健気というか……真面目なだけだと思うんですが」

彼の言葉遣いが媚びていると感じたことはないし、つい最近まで学生をしていた男の子にしては、態度や心がけがしっかりしているな、という印象しかない。

いまいちわからないと首を傾げていると、麗さんはがっかりした風に肩を落とした。

「……実織さんって鈍感よね。まあいいけど。それじゃ」

麗さんが去り、ひとりになった休憩室でようやくお弁当を食べはじめよう――と思ったのだけど、その気にはなれなかった。麗さんのせいにするつもりは全然ないけれど、立て続けにショックなことを聞いたから、食欲が削がれてしまったのだ。

時村くんについては、長谷川さんも同じように心配してくれていたし、相談することとして……啓佑さん、新卒の看護師にも人気があるんだ。わかっていたけど、うろたえてしまう。

想像したくなくても、若くてかわいらしい女性たちに囲まれているところが次々頭に浮かんできてしまう。啓佑さんが取られてしまうんじゃないかと怖くなって、胸に冷たいものが走った。

麗さんから状況を聞いただけでも心細くなって、啓佑さんのことで頭がいっぱいになってしまう。そんな私がよそ見なんてできるわけないのに。

結婚してからの約一年、特に大きな波風も立たず、心穏やかに過ごせていると思っていたのだけれど——私と啓佑さんを取り巻く空気が変わりはじめたことに、胸騒ぎを覚えていた。

数日後。私と時村くんは、プリセプター制度で設けられている、一ヶ月に一度の面談日を迎えた。

休憩時間に仕事内容について話す機会が多くあったので、本音を言うと今さら必要ないのではと思ったりもするのだけど、記録に残す都合上、やらないわけにもいかない。

当初、面談はプリセプターとプリセプティのふたりで行う予定だったのだけど、急遽シニアの長谷川さんにも時間を作ってもらい、同席してもらうことにした。院内にある会議室の丸テーブルを囲んで、ぞれぞれが座っている。

「勤務に当たってやりにくさを感じたり、難しいと思うことはある？」

場を仕切っているのは長谷川さんだ。人数が増えるとどうしても緊張感が増す。リラックスした雰囲気のほうが本音を引き出しやすいことはわかっているから、彼女の口調は普段なにげない会話を交わすときのトーンと同じだった。訊ねられた時村くんが首を横に振る。

「いえ、その都度大変だと思うことはありますが、倉橋先輩が丁寧に教えてくださっているので、問題ありません」

「倉橋さんからは？」

長谷川さんに振られて、私は少し考えながら口を開いた。

「そうですね……言ったことはしっかりやってくれますし、患者さんとのコミュニケーションもスムーズに取れているので、問題ないと思います。しいて言えば、これからそれぞれにかかる時間を徐々に短縮していければ、なおいいかな、と」

些細な手順の違いや伝達不足はあるけれど、これまで致命的なミスはないと記憶している。本人も間違いがあってはいけないという意識があるのか、ひとつのものごとに時間をかけすぎるきらいがあり、予定が押せ押せになりがちだ。それさえ改善できれば、一年目の看護師の動きとしては問題ないのではないだろうか。

――と、私が去年長谷川さんに言われてきたことを思い出す。これはそのまんま、自分自身にも言えることだった。私のほうが些細なミスなどは多かったくらいかもしれない。

……指導する側に立つと、今まで見えなかったものが見えてくるものなんだなぁ。

「そう、ならひとまずは安心ね。今後、研修で覚えてもらった筋肉注射や採血も対応してもらう予定だから、そのつもりでいてね」

「はいっ！」

長谷川さんは安心したように笑みを深くして勧励すると、時村くんもそれに応えるように気持ちのいい返事をした。

テーブルの上のタブレットを操作して、彼の評価シートに情報を打ち込む長谷川さん。入力を終えると、顔を上げた。

「だいたいこちらが訊くべきことは訊いたけど、時村くんからはなにか質問は？」

「はい……ええと」

時村くんは一瞬考えを巡らすように言葉を止めて、真剣な眼差しで私を見つめた。

……なんだろう？

思わず訊ねようとして、その前に彼が長谷川さんを向いて「あの」と切り出した。

「このプリセプター制度についてですが、僕がプリセプティでいられるのはいつまでなのでしょうか？」

「一般的には一年間かしら。プリセプティ本人の技術力や仕事の覚え具合によるからはっきりとは言えないけど、新年度に独り立ちするのがほとんどよ。なかには、二年目でプリセプティからプリセプターになった優秀な看護師もいるけど」

言いながら、長谷川さんが私をちらりと見て笑う。

「い、いえ……私は本当に、長谷川さんにご指導していただいたおかげですので」

――優秀だなんて、自分では全然そんなこと思っていないからこそばゆい。同僚を見て学ばなければならないこともたくさんあるし、自分が誰かを指導する立場にあるなんて、未だに不思議なくらいなのに。

「よかったです。じゃあ一年間は、倉橋先輩と一緒にお仕事できるってことですよね。うれしいです」

一年と聞いたからか、時村くんスマイルが弾ける。

——こんな風にストレートによろこびを表現されてしまうと、気があると勘違いする女性もいるだろうに。麗さんのあざといという所見は、あながち間違っていないのかもしれない。

「やだ、そんな含みのある言い方して、倉橋さんがその気になったらどうするの」

それを聞いた長谷川さんが噴き出して言った。そして時村くんにはわからないように、私に目配せをしたので、微かに首を振ることで応える。

「そんなつもりはないんでしょうけど、周りの目もあるから誤解されないようにね。お互い独身なら口出しするつもりはないけど、倉橋さんは既婚者なんだから」

先日の準夜勤の日に起きたできごとを長谷川さんに相談すると、やはり彼女は親身になって対策を考えてくれた。その結果、この面談を利用して私が既婚者であることを伝えようという話になったのだ。

今まで彼に既婚者であるのを黙っていたのは、なんとなく啓佑さんのイメージを悪くしてしまうのでは、という考えがあったから。でもこの状況では、そこにこだわるよりも、はっきりと伝えたほうがお互いのためになる、という結論に至ったのだ。

「……あれ、もしかして知らなかった？」

時村くんが瞠目しているのを見て、長谷川さんが逆におどろいたふりをして訊ねる。

彼はこくりとうなずいた。

「――そうだったんだ。ちなみに旦那様は時村くんも知ってる、うちの病棟の黛先生。まだ結婚して一年経ってないよね？」

「は、はい」

「いつ見てもラブラブで羨ましいわ。あの黛先生のハートを入職直後に射止めちゃうんだもの。うちの看護師たちも悔しがっちゃってね」

私たち夫婦の仲が良いというイメージを彼に植え付けるためなのか、小気味よく話してくれる長谷川さん。彼女のトーンが楽しげになっていくにつれ、逆に時村くんの表情には影が差していく。

「――ま、そういうわけだから、倉橋さんのことを尊敬するのは大いに結構だけど、くれぐれも誤解されるような言い方はしないように気を付けてね」

「……気を付けます」

長谷川さんの話が終わるころには、時村くんは明らかにしゅんとしていた。しおらしくうなずくと、彼が少し寂しそうな視線をこちらにくれる。

ちょっと悪いことをしている気になったけれど、同時に、麗さんや長谷川さんの勘は当たっていたのかも、と思う。ならば、これでよかったんだ。

あとで改めて長谷川さんにお礼を言おう。私たちはそのあと多少の雑談を交わしてから、面談を終えたのだった。

五月下旬になると、午前中から温かく過ごしやすい日が続いている。
ずっとこんな日が続けばいいと思うのに、梅雨がやってくるまでの少しの間しかもたないのが惜しい――と毎年思う。
「そと、きもちいいー！」
パジャマ姿の諒哉くんを病院の中庭に連れ出すと、彼が両手を上に上げて伸びをしながら小さく叫んだ。

「みおりちゃん、ありがとう」

諒哉くんはベンチに座ると、うれしそうにお礼を言ってくれる。

「いいえ、どういたしまして。ずっと部屋のなかにいるより気分が晴れるよね」

「うん！」

彼の横に立ってそう声をかけると、元気のいい返事が聞こえてくる。

諒哉くんの手術は無事成功。術後、少しの間熱が続いたけれど、それ以外の経過は良好だ。体力が回復するにつれ、病室にいるのが飽きてきたらしく、中庭に出たいと言うので連れ出したところだ。

私たちが座るベンチは、院内と中庭とをつなぐ扉のすぐ側にある。その扉が開く音がしたので、反射的にそちらを見やる。

「――いたいた。諒哉くん、こんにちは」

現れたのは啓佑さんだ。諒哉くんも、啓佑さんの姿を認めるとふっと表情を緩める。

「まゆずみせんせーだ。こんにちは！」

ベンチに座る諒哉くんが、大きく手を振った。啓佑さんがベンチの前までやってくると、しゃがみ込んで彼と目線を合わせる。

「諒哉くんにいいニュースを持ってきたんだ」

にこにこと微笑む啓佑さん。諒哉くんは、なんだろう、と不思議そうに啓佑さんの顔を見つめている。

「おめでとう、明後日退院できるよ」

「えっ！　ほんとっ？」

諒哉くんのおどろくような、それでいてうれしそうな声が響いた。

「うん。また学校に通えるようになるよ。よかったね」

「やった！　みおりちゃん、ぼく、たいいんできるって！」

「よかったね、諒哉くん！」

諒哉くんの退院については今日の申し送りのときに聞いて知っていたけれど、敢えて初めて聞いたふりをしておどろいてみせる。

早く学校に戻って体育の授業を受けたいと言っていた彼だから、うれしくて堪らないのだろう。……順調に回復してよかった。

「――さっき連絡したら、お母さんもよろこんでたって。明後日迎えに来てくれるよ」

「うん！　たのしみだなぁ」

諒哉くんのご両親は共働きで、比較的時間に融通の利くお母さんが二日に一度、仕事終わりに面会に来てくれている。諒哉くんにとってその小一時間が心の支えになっていたので、そういう意味でも退院のうれしさはひとしおに違いない。

「……あ、ひまりちゃんだ」

なにげなく中庭を見回していた視線の先に、諒哉くんはひまりちゃんの姿を見つけたらしい。ぴょんとベンチから下りて彼女の名前を呼んだ。

「まゆずみせんせー、みおりちゃん、あの……ひまりちゃんに、たいいんするっていってきてもいい？」

ひまりちゃんとは同い年ということもあり、院内散歩でもたびたび一緒になり、交流があったようだ。

「そっか、仲良しだもんね」

「……な、なかよしってわけでもないけど……でも、いっぱいしゃべったし、どっちがさきにたいいんできるかって、きょうそうしてたし」

私のなにげない言葉で諒哉くんの顔が真っ赤になり、恥ずかしそうにごにょごにょと理由を並べている。

……あれ。これって、もしかして……？

「もしかして諒哉くん、ひまりちゃんのこと好きなの？」

「そっ！　そんなの、あるわけないじゃんっ！」

目に見えて動揺している彼を見て、確信する。……そうだったんだ。

「いいよ、行ってきて。でもまだ走っちゃだめだよ」

「うんっ」

啓佑さんがＯＫを出すと、諒哉くんはひまりちゃんとその付き添いの看護師のいるベンチへと向かった。駆け出したいところをぐっと堪え、早足で。ちゃんと言いつけを守るところが諒哉くんらしいな、と思う。

「本人は否定してたけど、諒哉くんはひまりちゃんのこと好きなんだと思う」

「そうなんだ」

啓佑さんが小さく笑ってベンチに腰かけた。

「諒哉くんの反応見たら、わかっちゃうよね」

つられるように、私も彼のとなりに座った。

小学生の男の子の恋愛って、こんな感じが多い気がする。

年の離れた私に対してはストレートに好意を示してくれるけど、同年齢の子には恥ずかしくてなかなか言えない。きっと向こうも、素直に気持ちを伝えたら恥ずかしがってしまうのだろうけれど。

「かわいいね」

「うん」

啓佑さんの言葉に同調して笑う。こんな時代が自分にもあったなぁ、と懐かしく思いつつ、ひまりちゃんとふたり並んでベンチに座る諒哉くんを眺める。

「……退院して離れ離れになっても、仲良しでいられたらいいのにな」

住んでいるところも、通っている小学校もバラバラ。退院してそれぞれの生活に戻ったら、きっとかかわることもなくなってしまうのだろう。仕方がないことだと理解しつつも、つながりが断たれてしまうのは可哀想な気がする。

「ふたりで一緒に過ごした時間って、お互いにとってかけがえのないものであると思うんだ。時間をかけて縮まった心の距離は、簡単に離れていったりはしないよ」

啓佑さんはそう言うと、私のほうを向いた。

「──俺たちもそうだったから」

私を見つめる啓佑さんの瞳が優しい。その瞳にいとおしさが込み上げて、左胸がどきんとはねた。

「俺の勝手な都合ではじまった契約結婚だったけど──好き同士の結婚じゃなかったけど、一緒に生活して、ふたりきりの時間を重ねていくうちに、実織は俺にとってかけがえのない存在になっていったんだ。……我ながら大胆な行動だったって今さらになって思うけど、あの懇親会の日、結婚相手に実織を選んで本当によかった」

ひとつひとつの言葉を手に取るように、丁寧に紡いだ啓佑さんの横顔を見つめた。

「私もあのとき、啓佑さんに選んでもらえて本当によかった。……そのおかげで今の幸せな日々があるんだから」

この一年のできごとが、シャボン玉のようにいくつもふわふわと浮かんでは、弾けて消えていく。もし啓佑さんが別の人を選んでいたら、この満ち足りた毎日はその誰かのものになっていた可能性もあるのだ。

そのとき、ギッと扉のきしむ音が聞こえたような気がして、反射的にそちらを振り返る。

そこには——時村くんの姿があった。いつの間にか開いていたらしい扉の横に、彼が居心地悪そうにして立っている。

「っ！」

「すみません、倉橋先輩」

私と時村くんの視線がかち合う。すると彼は謝罪の言葉を口にしてから、私と啓佑さんの座るベンチに駆け足でやってくる。

「お話し中すみません。長谷川先輩が呼んでます。ナースステーションに戻ってきてほしいとのことです。ここは僕が代わりますので」

「わ、わかりました。すぐ戻りますね」

私は心臓がバクバクするのを感じながら、素早くそう返事をした。

「……それじゃ黛先生、失礼します」

私は啓佑さんに事務的な挨拶をして立ち上がり、時村くんと入れ替わるように扉へと駆け出した。

院内に続く廊下を、逃げるような早足で歩きながら、内心、気が気じゃなかった。

――今の話、まさか聞かれたわけじゃないよね……？

彼が扉の近くにいたのなら可能性はあるけれど、あまり想像したくない。

私と啓佑さんが契約結婚だったなんて――こんな話、病棟に広まったら啓佑さんや私の信用にかかわるし、周りからはいろいろ突かれて面倒なことになるのは目に見えている。

――どうか時村くんの耳に入っていませんように！

私はそう強く祈りながらナースステーションへと戻ったのだった。

4

六月中旬。天気予報では傘マークがつく日が増え、そろそろ梅雨入りか……なんて言われる時期に差しかかっていた。

「お疲れ様です、内線でお伝えしたデータです」

「わざわざありがとうございます」

「いえ」

その日の最後の仕事は、産婦人科に書類を届けに行くことだった。

小児外科と産婦人科は、ハイリスク分娩や帝王切開分娩などの患者さんやそこで生まれた新生児について、常に連携を取っている。今回は新生児の検査結果を持ってきたというわけだ。

窓口の看護師にデータを渡し、エレベーターホールへ向かおうとして、ふと振り返る。

産婦人科の入口には新生児室がある。まさにこの世に生を受けたばかりの子どもたちが、ガラス窓の向こうで並んで眠っていた。

内線で連絡を取ることはよくあるけれど、実際にこの場所を訪れることはほとんどなかったから、なんだか新鮮だ。

と、その手前にあるベンチに、入院中と思しきお母さんと赤ちゃんの姿があった。うちの病院は生まれて二日は母体の回復のため母子別室となっているから、きっとわが子に会いに来たのだろう。

——かわいいな。お母さんの胸に抱かれて安心しているのか、ほやっとした顔をして……。

ぼんやりとその様子を眺めていると、お母さんが私の視線に気付いてふっと笑った。

「ご、ごめんなさい、かわいかったもので、つい」

「いえ、とんでもないです。この子も、看護師さんのこと見てますね」

そう言われて赤ちゃんの顔を改めて見やる。赤ちゃんは黒々とした瞳をじぃっとこちらへ向けていた。

「あっ、本当ですね」

私はつい、赤ちゃんと視線を合わせるみたいに、ベンチの前に跪いた。

「こんにちは〜、はじめまして」

私が人差し指を差し出すと、赤ちゃんがその指をきゅっと握ってくれた。

——すごく小さな手。こんなに小さいのに、一生懸命握ってる……！

「男の子なんです。やっぱりかわいい人のこと、好きなんですね」

私の指をしっかり握る様を見て、お母さんがおかしそうに笑って言った。

「いえいえっ、そんなっ。……あ、遅ればせながらご出産おめでとうございます」

首を横に振って恐縮しつつ、お母さんに向かって深々と頭を下げる。

「ありがとうございます」

「なんだかすごく幸せな気分になれました。こちらこそありがとうございます。……それじゃ、失礼しますね」

私はお母さんにそう言うと、赤ちゃんにバイバイをして、立ち上がる。それから改めて一礼し、エレベーターホールに向かった。

……赤ちゃん、かわいかったな。小さくて。ふにゃふにゃで。でも生命力に溢れていて。

私と啓佑さんのもとにも、ゆくゆくは赤ちゃんがやってきてくれるのだろうか。まだあまり想像がつかないけど、それってやっぱり、素敵なことだ。

私は幸せな気分で、消化器外科のナースステーションに向かった。

「それじゃ、上がらせていただきますね。お先に失礼します、お疲れ様でした」

「お疲れ様でしたー」

ナースステーションに戻って看護師と挨拶を交わした私は、更衣室に向かおうとした――のだけれど。

「倉橋先輩、ちょっといいですか？」

肩を叩かれて振り返ると、申し訳なさそうに眉を下げる時村くんの姿があった。

「どうしたの？」

「あの、ごめんなさい……僕も上がりの時間なんですけど、採血の練習、また付き合ってもらってもいいですか？」

彼が声を潜めているのは他の看護師に聞かれないようにするためだ。

最近、院内での不急の超過勤務に対する考えが厳しくなっている。よほどのことがない限りは残業をしないでほしい、というわけだ。

時村くんたち新卒の看護師も少しずつ採血を任されるようになってきた。実践を交えつつ、空き時間で練習するというのがこの病院のスタイルなのだけど、病棟の看護師は日々の仕事に手いっぱいで、勤務中に練習する時間を作るのが難しい。それは私自身が感じていたことなのでよくわかった。

「うん、いいよ。そしたら先に行ってて。追いかけるから」

「いつもありがとうございます！　よろしくお願いします」

時村くんスマイルは相変わらず眩しい。彼は準備のために空き病室へ向かった。休憩室となっているあの部屋は、利用者が少ないということもあり、最近は新卒の学生たちが採血や筋肉注射を覚えるための練習の場とされている。

私はほんの少し時間をずらしてナースステーションを出て、時村くんのあとを追った。

「すみません、いつもいつも腕借りちゃって……」

「ううん、いいの。それで時村くんが採血上手になるなら、全然問題ないよ」

必要な道具が並べられたテーブルに向かい合う私と時村くん。私は左腕をテーブルの上に置き、首を横に振って笑った。

時村くんに自分の腕を貸すのはこれが初めてではない。覚えている限り、少なくとも片手いっぱいは練習に付き合っているはずだ。

私自身、周りの先輩に頭を下げ、反復練習で上達した経験があるから、もし後輩ができたときは可能な限り練習に付き合おうと決めていたのだ。そうして時村くんが技術を自分のものにした暁には、来年、彼も新人の練習に付き合ってくれるようになるだろう。

「僕、採血苦手みたいです。ご存知の通り、最初から最後まで上手くいったことなくて」

時村くんは肘枕に私の腕を乗せると、両手に手袋を填めながら言った。

「私は記憶力に自信がなかったから、身体で覚えることにしたんだよね。だからとにかくいろんな先輩とか、事務局の事務員さんとかにもお願いして採血させてもらったんだ」

「事務員さんまでですか？　……先輩、すごいなぁ」

「それくらい苦手だったっていうのがわかるでしょ。だから時村くんも繰り返し数をこなせば、絶対上手になるよ」

「ありがとうございます。すごく参考になります」

時村くんはお礼を言って微笑むと、駆血帯を私の腕に巻いた。

「ちょっと位置が上すぎるかな」

「あ、はい」

彼は駆血帯の位置をずらして腕を縛ると、採血する場所をアルコールの脱脂綿で軽く拭いた。

少しの間、無言の時間が流れる。

この空白はまだ採血に慣れない彼が集中したいために生じるものなのだとわかっているのだけど——時村くんとふたりきりでいると、いつも内心でヒヤヒヤしている。

約ひと月前、私と啓佑さんが中庭で交わした会話を、彼に聞かれてしまったのでは、と思っているからだ。

状況からして、聞こえていてもおかしくはない。会話に夢中になりすぎて、扉が開いたことにまったく気が付いていなかったから。……あの件については、私も啓佑さんも、人目につく場所で迂闊だったと反省した。

あれからずいぶん経ったけれど……時村くんがそのことについて触れてこないのは、聞こえていなかったからなのだろうか。

まぁ、仮に聞こえていたとしても、彼の心のなかに秘めておいてもらえればそれでいい。彼が無言を貫いているのは、そういう意思の表れなのかもしれないし。

「先輩は黛先生のどんなところが好きなんですか？」

十分すぎる間のあと、時村くんが突然そんなことを訊ねてくる。

「えっ、どうしたの急に」

「いえ、前にご夫婦だって聞いたので」

動揺する私に対し、時村くんは至極冷静だった。ただの世間話を振っただけ、と言わんばかりに。

「ど、どんなって……そんなの、たくさんあるから全部挙げきれないよ」

気の利いた答えを返さなきゃと思うけれど、動揺のあまり胸がドキドキしてしまって、それらしいフレーズがちっとも浮かんでこない。

「そうですか。黛先生、そんなに先輩に想われてるなんて羨ましいな」

答えているようで、その実なんの答えにもなっていない内容だけど、時村くんは納得したようにうなずいてから、さらに問いを重ねる。

「お付き合いをはじめたとき、どちらから告白したんですか？」

お付き合い——と聞いて思考が停止してしまう。なぜなら、私と啓佑さんが辿った道筋に、そういった経緯はなかったから。

「えっと……ま、黛先生、かな？」

契約結婚の提案をしてきたのは啓佑さんだから、お誘いは啓佑さんから——ということにしておいたほうがよさそうだ、と判断した。思い出すふりをしながら、頼りなく答える。

「付き合うまでに何回デートしました?」

「あ……うーん……三、回?」

三回くらいが相場であるという話を、藤倉さんと村上さんが休憩室で話しているのを聞いたことがあった。ならば、三回ということにしておいてもいいだろう。

「そうですか。就職して半年もしないうちにご結婚されたそうですけど……付き合ってから結婚を決めるまでに何回デートしました?」

「……五……いや、六、回?」

矢継ぎ早に繰り出される質問は、恋愛に不得手な私にとっては非常に難しく、頭を使う内容だ。それなのに、即答しなければいけないという酷な状況。

一般的なカップルは、いったいどれくらいデートをしてから結婚を決めるのだろうか?

期間で言えば一年とか二年とか、それなりの年月を重ねて結婚に進むようなイメージがあるけれど、それは回数に置き換えるとどれくらいなのだろう?

というか……世のカップルは、一ヶ月に何回デートをするものなの?

戸惑いながら、それが正しい答えなのかどうかの確信が持てないまま音にする。

あちらこちらでさまざまな思考が駆け巡り、そのどれもが疑問符を伴っている。私の頭は爆発寸前だ。

「結構すぐに決めたんですね。あんまり相手を知らないときに結婚するってなかなか勇気のあることだと思うんですけど、不安はなかったんですか？」

――むしろ不安しかなかったし、混乱していた。

でも黛先生のことはすごく尊敬していたし、素敵な人だと思っていたから、突拍子もない彼のプロポーズを受けてみようって気になれたんだよね……。

とはいえ、そんなこと、すべて包み隠さず話すわけにもいかないし。

さてなんと返事をしたらいいものか。頭を悩ませていると、時村くんがおかしそうに噴き出した。

「……ごめんなさい。でも、先輩のリアクションがあまりに正直なものだから、我慢できなくて」

「っ……？」

どういうことだろう。彼が笑っている理由がわからない。

「先輩がうそがつけない人だっていうのがよくわかりました。……かわいいな」

「な、なんのこと？」

かわいい、と囁くように言われて、不覚にもほんの少しだけどきっとしてしまった。

私はまだ、彼の言いたいことが少しもわかっていない。

「意地悪なこと、たくさん訊いてごめんなさい。僕、この間ふたりが話してるのを聞いちゃったから知ってるんですよね。契約結婚だってこと」

「えっ……え、あっ……」

――やっぱり、契約結婚のこと……聞かれてしまっていたんだ。

あまりにもはっきりと言い切られてしまって、動揺に拍車がかかる。なにか反論をしなければと思うけれど、言葉が出ない。

「好き同士で結婚したんじゃないって……黛先生、言ってましたもんね。つまり戸籍上は夫婦でも、心までつながってるわけじゃないってことですよね」

頭のなかが真っ白になって、なにも考えられない。

私と啓佑さんの秘密を、時村くんに知られてしまったなんて――

どうするべきかわからず黙っていると、時村くんの指先が肘の内側に触れた。つるつるとした手袋越しの感触に、そういえば彼の採血の練習のためにここにいるのだと思い出す。

刺し入れやすそうな場所を見つけると、彼がそこに注射器の針先を当てて刺入する。痛みはあまり感じず、針先は然るべきポイントを捉えているように感じた。内筒を少し引いて血液が採れることを確認すると、駆血帯を外し、素早く針先を抜いた。アルコールの脱脂綿で刺入していた場所を押さえて消毒する。

練習の必要がないと思うくらい、スムーズな採血だった。これまでの練習の成果が出たという感じではない。それにしては、いきなり上手くなりすぎている気がする。

「……僕がもう少し早くこの病院で働きはじめて先輩と出会ってたなら、まだ間に合ってたかもしれないと思うと、すごく悔しいですよ」

針を刺していたところに絆創膏を貼ってくれながら、時村くんが言った。

「周りで誰かこのことを知ってる人はいますか？」

私は首を横に振る。私と啓佑さんしか知らないはずだ。

「そうですか。じゃ、黙っててあげますね」

「え……いいの？」

「はい」

意外な申し出だった。胸を撫で下ろしたのもつかの間。

「――でもその代わり、これからもふたりきりでいろいろと指導してもらえるとうれしいです」

――ふたりきりで？　いろいろと？

「あの……それって？」

「偽装夫婦ってわかったら、前よりは先輩のこと口説きやすくなりましたよ。……これからはどんどんアプローチしていきますから、よろしくお願いしますね」

「そ、そんなの困るよ！」

心の動揺によって錆びついていた思考が、ようやく回るようになってきた。私は小さく叫んだ。

「どうしてですか？」

「だって、私は既婚者だから」

いちいち説明するまでもなく、世間的にいけないとされていることだ。私は淀みなく答えた。

「でも偽装夫婦なんですよね。なら問題なくないですか？」

いつもの、屈託のない時村くんスマイルで訊ねられると、一瞬なにが正解なのかわからなくなりそうになるけれど――問題ないわけがない。

「誤解だよ！　私たちが偽装夫婦だったのは本当だけど……でも今は、本当の夫婦と変わらないの！　私たち、好き同士なんだよ」

「どうしてそう言い切れるんですか？」

勢い込んだ話し方の私に対して、時村くんはゆっくりと、静かに問いかけてくる。

「最初は割り切って戸籍上だけの関係と思っていても、一緒に暮らしはじめたら情が移るのも当たり前ですよね。それを愛情だと勘違いしているってことはないですか？」

「そっ……そんなことない！」

左胸にチリッとした痛みが走った——ような気がして、思わず椅子から立ち上がる。痛みのあとに続く、焦りにも似た不快な感覚に引っ張られながら、私はさらに続けた。

「私と黛先生のことをなにも知らないのに、そんな風に言わないでほしいな。私たち夫婦の関係がどうかなんて、時村くんが判断することじゃないと思う」

私たちは真っ当な手順を踏むことなく結婚し、夫婦となった。彼の言う通り、最初は本当に戸籍上の夫婦というだけの予定で、一緒に暮らすのを決めたのだって、周囲に契約結婚であることを悟られないようにするためでしかなかった、
そんな私たちだけど、まずはお互いの人間性に惹かれ、それから異性としての相手も意識するようになっていった。

……これを愛情と呼ばずして、なんと呼ぶというのだろう？

「そうですね。先輩の言う通りです。失礼なことを言ってしまったみたいで。すみません」

私がちょっと怒っていることに気付いたからか、時村くんはそれ以上詰めてはこなかった。ものわかりよくそう謝ると、「でも」と言い、彼も立ち上がった。

再び目線が揃うと、時村くんはいつになく真剣な眼差しを向けてくる。

「――僕、先輩のことが本気で好きです。だから先輩と、『情』じゃなくて『愛情』を伴った恋愛をしたいって……そう思ったんです」

「っ……練習、終わったみたいだから……私、お先に失礼するねっ」

このままこの場所にいたとして、正常な判断ができる自信がなかった。私は右手で左腕の絆創膏の貼られた場所に触れてから、逃げるように休憩室を飛び出し、更衣室へと向かった。

『最初は割り切って戸籍上だけの関係と思っていても、一緒に暮らしはじめたら情が移るのも当たり前ですよね。それを愛情だと勘違いしているってことはないですか？』

『――僕、先輩のことが本気で好きです。だから先輩と、『情』じゃなくて『愛情』を伴った恋愛をしたいって……そう思ったんです』

想定外の台詞を浴びて――頭のなかが混乱している。

啓佑さんが好き。大好き。心から尊敬する、私の大切な旦那様だ。その気持ちに偽りはないと誓って言える。

でもそれが、時村くんの言う通りに情が移っただけなのだとしたら？　それを愛情だと錯覚している？

私と啓佑さんは、胸を張って本当の夫婦になったって言えるのだろうか……？

更衣室で私服に着替える間、情けなくもそんなことを考えてしまっていた。

「倉橋先輩、ちょっといいですか？」

深夜勤中――しとしとと雨の降る丑三つ時。ナースステーションの事務デスクで看護記録をつけていた私に、時村くんが控えめに声をかけてきた。

「どうしたの？」

「すみません、今夜は結構落ち着いてるので、また採血の練習に付き合ってもらえればなと思って」

トレードマークの笑顔で、申し訳なさそうに頼んでくるけれど――私はそれがただの口実であり、私を誘い出したいだけなのだと知っている。

私と時村くんはふたりひと組で行動してはいるけれど、いつもぴったりと傍についているというわけではない。比較的ルーティンワークの多い深夜勤のシフトで、かつ今夜のようにイレギュラーの少ない日は、各々事務作業をしたり、片方だけが病室での点滴交換や体位変換をしに行ったりと、別々に行動したりもする。今も、彼は別のデスクで自身の研修記録をつけているところだった。

時村くんの気持ちを知ってからは、離れて作業する時間が多いほうが気楽だったりして、深夜勤のシフトがありがたく感じていたのだけど……採血の練習に付き合うとなると、傍についていなければならない。彼はそれをわかっているのだ。

「ここの受け持ちは私たちだから、さすがに離れるわけにはいかないよ」

「離れなくて大丈夫です。採血のセットをここに持ってくればいい話なので」

毅然として断ったつもりが、代替案を出されてしまった。

――うっ。ここで怯んではいけない。

「だ……だいたい、時村くん採血苦手って言ってる割りにはすごく上手だったよ。私が練習に付き合う必要はないくらいかなって思う」

「たまたまですよ。そのときによってまだムラがあるので――それに」

にこやかに言いながら、事務デスク用のビジネスチェアに座っていた私に、時村くんが耳打ちをする。

「ふたりきりで練習付き合ってくれる、って約束、しましたよね？　契約結婚のこと、黙ってる代わりに」

「っ……！」

それを聞くなり、慌てて立ち上がって周囲を見回す。そんな私の様子を見た彼が、おかしそうに笑った。

「大丈夫です、夜勤中でただでさえ看護師少ないですし、僕たち以外ラウンドしてるじゃないですか。誰も聞いてませんよ」

だとしても、巡回から帰ってきたりとか、お手洗いに起きてきた多人数部屋の患者さんとか――油断はできない。とりあえず誰の耳にも入っていないようでよかった。

気を取り直して椅子に座り直す。

「……時村くんがそんな意地悪を言う人なんて思わなかったよ。なんか、悲しいな」

明るくて優しくて爽やかなかわいい新卒看護師。周りの先輩たちは彼のことをそんな風に思っているだろうに。現実はちょっと違った。

「僕だって悲しいですよ。倉橋先輩、僕の告白になんのリアクションもしてくれなかったですよね」

「あ……そ、それは……ごめんね」

彼が寂しそうに眉を下げて言ったので、思わず謝った。

……そうだった。あのとき、いくつかショックなことを言われたせいで、彼の気持ちについては特別触れないまま終わってしまった。……触れたとしても、ごめんなさいをするだけなのだけど。

「――まぁ、いいんです。そうなるだろうなとは思ってたので」

言葉通り、別段気にしていない様子の時村くん。首を横に振ってまた弾けるように笑う。

「採血のセット持ってきますね。逃げないでくださいよ」

その笑みを湛えたまま、彼は私に釘を刺した。


「あの、気になってること訊いてもいいですか？」

ガラス張りの箱のようにも見えるナースステーション。

そのなかの事務デスクを使い、肘枕に私の腕を載せた時村くんが、声を潜めて訊ねた。空き病室でのときと同じ、デスクを挟んで私たちは向かい合っている。

「答えられることなら」

「契約結婚の場合でも、結婚式って挙げるものなんですか？　……そんな顔しないでください。これはただの興味本位というか、雑談です」

ちょっと不快になったことが表情でバレてしまったらしい。彼は、自らの優位性を誇示するための質問ではないことを強調して、困ったように微笑む。

「最初は挙げないってことにしてたよ。そこに時間を取られたくないって思いがあって」

「へえ、じゃあ今は挙げたいって思ってるんですね」

――あ、しまった。つい口を滑らせてしまった。

「こ……この話はおしまいっ。仕事に関係ないし」

自分の悩みの種でもあることを、敢えて他人に――しかも時村くんに話すべきじゃない。私が素早く首を横に振ると、時村くんが噴き出すようにして笑う。

「だから雑談ですって。採血のときは、患者さんの気を紛らわすために雑談してもいいって、研修で習いました」

「別に私は採血に緊張してるわけじゃ……」

「いいじゃないですか。他の人には言ったりしません。……で、今は挙げたいって思ってるんですよね？」

「………」

駆血帯を巻かれた位置は問題なかった。彼が手袋を填める間、結婚についての想いを巡らせ、しぶしぶ口を開いた。

「結婚して半年とか……それくらいかな。やっぱり挙げたいって強く思うようになったんだ。昔から、漠然と結婚したら挙げるものだと思ってたからかもしれないね。大好きな人と添い遂げますっていう儀式に、憧れがあって。でもそれって、私だけの希望じゃ決められないから、諦めてたんだけど――うん、そこがいいんじゃないかな」

指先で刺入する場所を探る彼にそう言うと、彼は「はい」とうなずいて、アルコールの消毒綿でその場所を拭いた。

「……諦めてたんだけど？」

時村くんのほうから、話の先を促してきた。質問に応じる形ではじまった会話だけれど、どちらかというと私のほうがたくさんしゃべっている気がする。

「けい――じゃなかった、黛先生のほうから、式を挙げようって言ってくれたの」

忘れもしない、夫婦であるしるしである結婚指輪をプレゼントしてくれた日。啓佑さんのほうから提案してくれた。……涙が出るほど、うれしかったな。

あのときの感情に想いを巡らせると、胸が温かなもので満たされるよろこびが蘇ってくるようだった。前を見ると、ついつい彼に締まりのない顔を向けてしまう。

「で、挙げることができたってわけですね」

「……ううん、まだ挙げてないんだ」

私の声のボリュームは、それまでよりもやや小さくなった。わっと沸いたよろこびが、一瞬で鳴りを潜めてしまう。

「どうしてですか？」

「予定合わせて長い休みを取る、っていうのが結構難しくて」

「長い休み？」

「あ、挙式は海外を考えてるんだよね。せっかくだし新婚旅行を兼ねて、ゆっくりしたくて」

「なるほど、そういうことですね」

合点がいったとばかりにうなずく時村くんが、「刺しますね」と声をかけた。直後、腕に細く鋭い痛みが走る。

「角度大丈夫そうですか？」

「うん、大丈夫。そのまま続けて」

「はい」

注射器の内筒を少し引くと、血液が吸い上げられる。痛みは感じない。私がうなずくと、時村くんはホッとしたように笑った。駆血帯を外して針を抜くと、消毒綿で圧迫する。

「計画は立ててるんですか？　いつごろっていう」

「まだ、全然」

「もう一年も経ってるのに？」

「なるべく早く挙げたいけど、タイミングが難しくて」

「僕たちってシフト制ですよね。工面してもらえば、海外挙式くらいどうにかなるんじゃないですか？」

「私はどうにかなりそうだけど……黛先生のほうが、ね」

絆創膏を貼ろうとしてくれる時村くんの代わりに、右手で消毒綿での圧迫を続ける。言いながら、遠回しに式の話が進まないのは啓佑さんのせいであると訴えているように聞こえるのでは、と案じて、慌てて「でも」と続ける。

「――私は、忙しい黛先生が式を挙げようって言ってくれただけでうれしいの。それだけでも十分」

式の話が出てからはまだ半年程度だけど、婚姻届の提出から考えれば、ちょっと悠長に考えすぎだと捉える人は多いのかもしれない。

そうは言っても命を預かる仕事。このタイミングなら絶対に大丈夫と言い切れる瞬間がないのも事実なのだ。啓佑さんが慎重になる気持ちもわかるからこそ、責められない。責めたくない。

「だけど自分から言い出したからには、やっぱり話を進めてほしいって思いません?」

「………」

時村くんは、私が敢えて言語化せずにいた思考を、もっともストレートな言葉で訊ねてくる。その問いに、「うん」とも「ううん」とも返事ができなかった。どちらを選んでも、百パーセントの本音ではない。

「それって普通の感情だと思うので、無理に理解ある奥さんでいようと思う必要はないと思いますよ。先輩って優しいから、相手を責められないんですよね」

消毒綿で押さえていた場所に、絆創膏を貼ってもらう。

自分を特別優しいとは思っていないけれど、理解ある奥さんでいようとしている節はあるかもしれない。素晴らしい医師であり男性である啓佑さんに、少しでも釣り合う女性でいたいから。

「そういうの、黛先生本人に相談したりしないんですか?」

「……相談したほうがいいだろうし、そうするべきだなぁとは思ってるんだけど……

仕事で忙しいのがわかってるから、負担になりたくないの」

一度、麗さんに打ち明けたときも、本人に相談するべきだと言われたし、頭ではその通りだとわかっているけれど、実行には移せないでいる。

「先生が自分で言い出したことでも？」

「私は今のままで十分幸せ。……それにいろいろ重なって大変なのは傍で見ててよくわかるし、私のことで煩わせて、いやだとか、面倒だとか思われるくらいなら、もう少し時間ができたときでもいいのかも、とか」

「式を早く挙げたい」と伝えることで、ネガティブな感情を抱かれたくない。挙式を望むのは啓佑さんと一生添い遂げたいからでもあるのに、それが夫婦としての寿命を縮めることになるのなら本末転倒だ。

……どうしてだろう。麗さんにはすべて正直に打ち明けられなかったのに、時村くんには臆することなく言葉にできている。考える暇もないくらい、ぽんぽんと訊ねられるからだろうか。もしくは、看護師という同じ立場ゆえ、共感してもらいやすい気がしたから？

「ふうん、そういうものですかね。でも……だから一年も経っちゃったんじゃないですか？」

私の回答に納得がいかないのだろう。彼のかわいい顔には似合わない、皮肉っぽい言葉が放たれた。いつも明るい応対の時村くんにしては珍しい反応だ。

「……そうだね、ごめん」

「なんで僕に謝るんですか？」

「ちょっと気分を悪くさせたかな、と思って」

自分でも、うじうじしているなとは思う。もっと自分の感情に素直になって、啓佑さんに言いたいことを伝えられればいいのだけど——できない。彼の言う通り、時間だけが経ってしまっている状態だ。

「先輩のせいじゃないです。もし僕が黛先生だったら、そんな風に見えないところで先輩を悩ませたりしないのにって思っただけです」

時村くんはきっぱりとそう言い切って、首を横に振った。

……こういうとき、なんて返事をしていいのかわからなくて困る。

彼がそう思ってくれるのは純粋にうれしいけど、「うれしい」なんて言うと彼に気を持たせているみたいだし。かといって毎回「そういうのやめて」って言うのも、敵意を向けているような気持ちになってしまって、罪悪感が湧く。

答えを探しているうちに、彼は採血キットの片付けを終えていた。

「――ま、でも確かに黛先生って忙しいですよね。オペの数も病棟一だって聞くし、そもそもドクターには顔出さなきゃいけない研修とか、勉強会とか、そういうのもいっぱいあるって」

そこまで言うと、彼は「あ」と小さく発声しつつ、軽く目を瞠った。

「この間は僕の同期の新卒看護師たちに捕まって、一緒にご飯に行くって流れになってましたよ。デキるドクターってだけでも興味津々なのに、やっぱりビジュアルがいいとモテますよね」

「時村くんも行ったの？」

「いや、僕は先輩と同じ準夜勤の日だったから、横目で見てただけですけどね。たとえ日勤だったとしても、見事に女の子ばっかりでしたから行くの躊躇したかもです」

「………」

「先輩？」

最近、啓佑さんが外食をして帰宅しているのは知っている。

でもそれは私のシフトが準夜勤や深夜勤のときに限ってだし、日々の仕事とプリセプターとしての業務であわあわしている私が、啓佑さんの食事を用意しなくてもいいように、と気を使ってくれているからでもある。

揃って日勤の日は、これまで通り私がふたり分のご飯を作って一緒に食べるようにしていて、啓佑さんも「やっぱり実織が作ってくれるとうれしいし、おいしいよ」と言ってくれる。

……だから、なにも問題はない。はずなのだけど――

「やっぱり心配ですか？　他の子に目移りするんじゃないかって考えたりします？」――ちょうど去年の今ごろ、私は啓佑さんに突然プロポーズされた。付き合っているわけでもないのに――というか、私のことを深く知っているわけでもないのに。ただ、彼の気持ちが赴くままに。

私としては、どんな理由であっても憧れの啓佑さんに選んでもらったのであれば光栄だし、うれしいと思う。

でもそれは同時に、絶対に私じゃなければいけないわけでもなかった、という根拠にもなり得る。

この先、もっと啓佑さんの理想に合致した人が現れたなら、心変わりされてしまうかもしれないし……そもそも、あまり考えないようにしていたけど、あの一年前の懇親会の日、テラス席でたまたま啓佑さんと会話したのが私じゃなくて、別の女性だったなら……啓佑さんはその人にプロポーズして、結婚に至ったかもしれない――

「う、ううんっ、平気。私、黛先生のこと信用してるから」

いやな想像が膨らんでいく前に、思考を断ち切った。

自分自身に言い聞かせるみたいにやや大きめの声で否定してから、背後にある掛け時計で時間を確認する。

「そろそろラウンド組が帰ってくるから、キット戻しておいてね。私、溜まってる事務処理片付けたいから、時村くんも研修記録終わってないならやってて大丈夫だよ」

「……わかりました」

まったく別のことで頭のなかを満たしたかった。時村くんにそう指示をすると、私はデスクに戻って事務に取りかかった。

「ただいま」
「おかえり、実織」
大急ぎで玄関の扉を開けると、リビングのほうから通勤着の黒いポロシャツとチノパンを着た啓佑さんが出迎えてくれる。

予定では啓佑さんよりも早く帰ってきて、ちょうど夕食が出来上がるころに彼を出迎えるはずだったのだけど——今日も今日とて、時村くんの技術確認に捕まってしまった。

本人は否定するけど、時村くんはすでに採血も、筋肉注射も、吸引も、問題なく上手にできるのではないかと思う。

たとえば採血。いつか休憩室でやってもらったとき、一年目とは思えないくらいの手際のよさでびっくりした。あれ以降も、文句のつけようがないくらい、とてもスムーズ。

時村くん曰く『ただのまぐれです』。……いや、そんなわけないと思う。やっぱり彼は、本当はすでに技術を会得しているのだ。

じゃあなんで、不要不急の残業にうるさくなっている今、こっそり私を連れ出して技術確認したいと言うのか。

考えられるもっとも単純な理由は、私と一緒にいたいから、なのかもしれない。他にそれらしい理由もないし。

ならば拒絶するべきとはわかっているけど「契約結婚のことバラしちゃいますよ？」と伝家の宝刀をちらつかされると、付き合わざるを得ないのがつらいところだ。

「遅くなってごめんね。すぐに夕食作るね」

「慌てなくて大丈夫だよ。もう作ってあるから」

「えっ！」

意外な返答にびっくりした。……啓佑さんが？　夕食を？

「いつも食事の支度を任せっきりで悪いと思ってたんだ。キッチンは実織が管理してる場所だから、勝手に使ってごめんね」

「ううんっ、全然！　……ありがとう、助かるよ」

啓佑さんがすまなそうに言うけれど、申し訳なく思っているのは私のほうだ。

彼が言うように、家事、取り分け食事の支度は私の担当と決まっている。倉橋家がそういう方針の家だったから、という理由に加え、忙しい啓佑さんが「おいしい」と言ってくれる私の手料理で、彼をサポートしたいという気持ちがあったから。啓佑さんもそんな私の気持ちを汲んで、これまで私に任せてくれていたのだ。

「実織みたいに上手く作れないけど、そこは寛大に見てね」

啓佑さんがいたずらっぽく笑う。

「ううん、うれしい！　それに楽しみだな。早く手洗わなきゃっ」

――啓佑さんが私のために食事を作ってくれた！

私は仕事の疲れも忘れる勢いで、ダイニングへと向かった。

啓佑さんが作ってくれたのは、塩焼きそばと中華風スープ。

彼曰く、焼きそばは唯一得意なメニューなのだとか。お肉と野菜を入れると栄養バランスもいいし、ひとり暮らしのときには重宝していたらしい。

今回は豚肉、野菜はキャベツ、にんじん、ピーマンなどが入っているように見える。

「すごいね、啓佑さん。野菜切るの上手なんだ」

向かい側に座る啓佑さんを称賛すると、彼は少しきまり悪そうに笑った。

「うん――と言いたいところだけど、きれいに切れてるのが売ってるからね。助かるよ」

「あっ、なるほど」

カット野菜だ。確かにそれを使えば効率がいい。

「普段の実織の苦労がうかがい知れるよ。手抜きでごめんね」

「そんなことない。両方ともおいしいよ、すごく」

中華風スープも、鶏がらスープとごま油のシンプルな味付けながら、塩味がちょうどいいと感じた。具材が長ネギのみというのも、私は好きだ。

啓佑さんはいつも、ひと口食べて必ず料理の感想を言ってくれるから、お返しの意味も込めてやや声を張り上げた。「おいしい」のたったひと言だけでも、高揚感と達成感を覚えるものだ。

「ならよかった」

私の感想を聞き、ホッとした様子の啓佑さん。事実、彼の作ってくれた焼きそばはおいしかった。作り慣れている感じがするのもそうだけど、なによりの調味料は忙しいなか彼自らが私のために作ってくれたという思いやりだ。時村くんとの会話で張り詰めていた気持ちが、ふっと緩んだ気がする。

「そういえば、最近忙しそうだね。なにかあった？」

「えっ？」

焼きそばを口に運ぼうとして、啓佑さんが訊ねる。私は千切りのピーマンを箸で掴んだまま彼の顔を見た。

「ここのところ、帰りが遅いなと思って」

ちょっと心配そうにしているその表情には、いつにない真剣さが滲んでいる。私はきまり悪くて、油で光るピーマンの断面を見つめた。

「あっ、ええと……うん、ちょっと、残務があってね」

「残務？」

「そう」

啓佑さんの瞳が、暗に「それは交代の看護師に引き継ぐのが難しいものなの？」と訊ねている。これだけ院内で不急の残業は控えるよう言われているのに、私がしなければいけない業務なのか、と。

「……看護記録とか、プリセプティへの評価シートとか。自分の仕事がなかなか終わらなくて、それで」

「実織の書類ってこと？」

「うん、私の書類。だから、他の人には頼めなくて」

うそをついている後ろめたさで、啓佑さんの目を見つめ返すことができないまま言う。

不急の残業は控えてというお達しが出ているのに、黙ってしてるのも悪いのだけど、いちばん恐れるべきは私たち夫婦の秘密が公になることだ。もし啓佑さんにバレて時村くんとの練習を控えるように言われたとしたら、納得のいかない時村くんは院内の誰かに真実を告げてしまうかもしれない。それで契約結婚だと噂になったら——啓佑さんを見る目が変わる人たちが出てきてしまうだろう。彼の印象が悪くなることだけは避けなきゃ。

時村くんの練習に付き合えば丸く収まるなら、そうするのがベストだろうし……。

「……そう」

それ以上、啓佑さんは訊ねてこなかった。きっと納得してくれたのだろう。ずっと掴んだままだったピーマンをようやく口に放り込む。おいしいけど、ちょっと苦い。

「あっ、それより——香坂さん、そろそろ退院じゃないかって話だけど、そうなの?」

早く違う話題に移りたかった。私はベッドから身軽に起き上がり、元気そうに笑っていた香坂さんの顔を思い出して振った。

「ああ、身体の状態はよさそうだし、本人も早く病院から出たいみたいだから、明日の血液検査の結果次第では退院が決まると思うよ」

「そう、よかった」

私は自分のことのようにうれしくなった。相変わらず美しい箸捌きで焼きそばを掴み、咀嚼する啓佑さんの顔を眺めながら続ける。

「香坂さん、今日病室に行ったら、私と啓佑さんが結婚してることを誰かから聞きつけたみたいで……『いい旦那捕まえたな』なんて、さんざん冷やかされちゃった」

「そうなんだ」

誰が教えたかはだいたい見当がついている。……清掃を担当してくれている松井さんだ。ベテランかつおしゃべりな彼女は病院内の人間関係を結構詳しく把握していて、入院患者に話しているみたいだから。そういえば、少し前に退院した諒哉くんに教えたのも彼女だったはずだ。

事実だし、私にとっては誇らしい旦那様だけど、改めて言葉にされるとちょっと照れる。

その一方で、私とは釣り合わないと思われているんじゃないか……という不安が胸を過ったりもする。その点は、自分自身も優秀な看護師に成長することで、少しずつ感じなくなっていけばいいと思うけれど。

「状態が厳しいってわかってて、最悪の事態も覚悟してたって言ってたの。だからか、オペを成功させてくれた啓佑さんのこと、スーパードクターって呼んで感謝してるよ」

「それは光栄だね」

「啓佑さんにもぜひコーヒーごちそうしたいって話してた」

自分自身の得意なことを披露してもてなす。それが香坂さん流の最大級の感謝の気持ちの伝え方なのだと思う。

啓佑さんは職業柄、他人から感謝されることが多いけど、ひとりひとりからそれを向けられることに慣れたり、煩わしく思わない人だ。だからきっと、香坂さんの言葉にもよろこんでくれるはず。

「…………」

――そう思ったのだけど、彼は箸を止めて黙っていた。そして、塩焼きそばを盛りつけた深めのお皿の縁の辺りを、まるで別のことでも考えているみたいにぼんやりと見つめている。

「啓佑さん？」

気がそぞろらしい彼の名前を呼んでみると、焦点が定まっているようでいなかった目を瞬かせた。

「……あ、うん。聞いてるよ。そんな風に思ってくれるの、うれしいね」

「……また私ばっかり話してたね。ごめんなさい」

反応が鈍いのは、私が自分の話に夢中になりすぎてしまうせいだろうか。でもきっと、啓佑さんもよろこんでくれる内容だと思ったんだけど……。

「いや、全然。俺のほうこそごめん」

首を横に振り彼も謝ってくれたけれど、なんとなくぎこちない空気になる。

「――ね、実織」

少しの沈黙のあと、啓佑さんが私の名前を呼ぶ。

「なに？」

「さっきの……その、時村くんのことなんだけど」

「う、うん」

――残業の話だろうか。私、なにか怪しまれてる……？

また気まずい空白。感情の乗らない表情からは、いったいどんなことを考えているのかうかがい知ることはできない。

「彼、どう思う？」

「どうって……」

質問の意図がわからなくて考え込んだ。漠然と訊ねられて、答え方に迷う。

「――いい子だよ。真面目だし、勉強熱心だし、感じもよくて」

迷った末、言葉通りに捉えて私が彼をどう見ているかを伝えた。

看護師として見るなら、最近は去年の私よりもずっと優秀ではないかとも思ったりする。新卒看護師の第一関門である採血も得意のようだし――できないふりをしているけれど。

「それだけ？」

啓佑さんが詰めた物言いをするのは珍しい。想定外の反応に、内心でびくついてしまう。感付かれたくないことがあるから、余計に。

「え？　うん……それだけ、かな」

——どうかこれ以上、なにも訊かれませんように！

平然を装いながら、心臓がいやな感じにドキドキしている。

「……そう。変なこと訊いてごめん」

私の必死の祈りが届いたようで、啓佑さんは細く長いため息を吐くと、食事を再開する意思を示すように、焼きそばを啜りはじめる。

「ううん」

——疚しいところを突かれなくてよかった。

私も焼きそばを口に運び一安心すると——今度は、今しがたの啓佑さんの様子が気になってくる。

表情を思い出すに、不完全燃焼、という感じだった。訊きたいことが訊けなかった、というような。

なんで時村くんのことを訊いたりしたんだろう。啓佑さんはなにが知りたかったのだろう。

私の心のなかにもくすぶる火種を残し、その日は普段よりも静かに夕食を終えたのだった。

「あなたのかわいい奥様、ずっと新卒看護師にベタベタされてるのは知ってる？」

同僚の中牟田麗から不穏な話を聞いたのは、六月の中旬。俺が医局で簡単な昼食を済ませたあとだった。

「……どういうこと。詳しく教えてくれる？」

「知ってるでしょ、時村くん。ナースステーションのアイドルで、あなたの奥様のプリセプティ」

「ああ」

最近回診で一緒になったし、実織との会話で名前をよく聞くのでしっかり覚えている。

『ああ』ですって。ずいぶん余裕ね」

「俺は実織のことを信用してるからね」

初めてプリセプターとなって、実織が張り切っているのは知っていた。プリセプティに信頼されるためには、より深いレベルでのコミュニケーションが必要だ。異性のプリセプティだから距離感が難しい部分はあるだろうけれど、そういう意味で実織の頑張りが実を結んでいるのならむしろよろこばしい。

俺が座っていた三人がけのソファに、麗も腰を下ろした。その横顔がちょっと不機嫌だ。

「ずいぶんと固い絆で結ばれてますこと。私のこと、そんなに信用してくれたことあった？」

「麗とも固い絆で結ばれていたつもりだったけど、君のほうからバッサリ断ち切ってきただろう？」

「あなた、そんな嫌味言うタイプだった？」

「自分から吹っかけておいてよく言うよ」

ローテーブルの上に置いていたマグを手に取り、さらっと反論して笑う。

一年前の俺なら、かつての交際相手である麗からそう訊ねられて、こんな風に笑いながら切り返すことはできなかっただろう。それくらい、彼女から「好きな人ができた」と告げられたのはショックで、俺の心に暗い影を落とした。もうこの先ずっと恋愛なんてしなくていいと思い詰めてしまうほどに。

そんな頑なな心を溶かしてくれたのは、実織との温かく穏やかな生活だった。実織という仕事に情熱を持つ看護師と一緒に暮らしていくなかで、ひとりの人間としての彼女も、女性としての彼女も、素敵だと感じるようになっていった。

こうして麗となんの遠慮もなく笑い合えるようになったのは、実織のおかげなのだ。

「信用してるのは結構だけど、じゃあ、彼女が仕事上がりに時村くんに捕まってるのは知ってる？」

マグに入った温かいコーヒーを啜ろうとして、その手を止めた。

「……知らない」

「ふたりで頻繁に空き病室に籠ってるって、藤倉さんと村上さんが言ってたけど……どこまで本当なのかしらね。あのふたり、あなたのためなら誇張してうそつきそう」

「そんなことする？」

ふたりを思い浮かべて苦笑する。確かに、彼女たちは俺が結婚してからも熱心に好意を伝え続けてくれている。とはいえ、ないことをあると言って病棟内に広めるほどわからない人たちではない、と思っている。

だからこそ、そんな噂が立っていることに、いやな予感が胸を過った。

「さあ、知らないけど。……でも他の看護師のなかにも、実織さんが時村くんと勤務後に一緒に残ってるのを見たって言ってる人がいたのよ」

「……最近、日勤のときの帰りが遅いな、とは思ってたけど……」

たまたま申し送りに時間がかかっているのだと思っていた。

実織が時村くんと？　……勤務時間外に、なにをしているというのだろう。

すっかり飲む気をなくしてしまったコーヒーをテーブルの上に戻した。

俺の顔つきが変わったことに気付いたからか、麗はフォローするかのように笑った。

「まぁ、実織さんは啓佑のことしか見えてないって感じだから、時村くんにくらっとくるわけないだろうけど……私はあの彼、面倒そうな男だと踏んでるの」

「面倒って？」

「あざとい男って、その裏には絶対に下心があるものなのよ。病棟の看護師のこと『先輩』って呼んでみたり、笑顔振りまいてみたり、大変だけど一生懸命仕事覚えようとしてますって空気出してみたり。かわいい後輩アピールしてれば、サポートするほうは『この子頑張ってて感じいいな』って思っちゃうわよね」

そういうものなのだろうか。麗がやけに力説するのが気になるけれど、言わんとすることは理解できなくもない。

麗の勘が当たっているなら、時村くんは仕事を通して自分を魅力的だと思ってもらおうとしている、ということか。そうやって実織の気を引いている……？

「もやもやするより、直接実織さんに訊いてみたら？」

さらっとした麗の提案は、まるでミントタブレットを食べたときのように胸がすく感じがした。

「あぁ、そうだね。そうする」

麗の言う通り、直接訊ねればいい。実織の口から理由を聞けば納得できる気がした。

俺はうなずいて、再びテーブルの上のマグに手を伸ばした。ほどよく温度の下がったブラックコーヒーをひと口啜る。おいしい。

「大事な奥様なんだし、悪い虫が付かないようにしなきゃ」

「ありがとう、気を付けるよ」

一時は実織に敵意を剥き出しにしていた麗が、今は逆に俺との仲を取り持とうとしてくれるのが意外だったし、ありがたい。

麗も、実織と接していくなかで彼女の打算のない考え方や柔和な人柄に居心地のよさを感じたのだと思う。

俺たちのように、職場でいつも気を張り詰めた生活をしていると、そこから離れたときにふっと気を抜ける瞬間が欲しくなる。そういうとき、実織の人柄と笑顔に触れると心が和むのだ。

「夫婦ならシフトくらい把握してるんでしょ。次に時間が合うのはいつなの?」

「次に実織とゆっくり話せそうなのは――」

テーブルの上に置いていたスマホを引き寄せ、操作してカレンダーを出す。

実織とはウェブ上のカレンダーで予定を共有し合っている。実織は直前になってシフトが変わることもあるし、俺も急に予定が動いたりするので、わかった時点で入力できて確認し合えるからとても便利だ。

「……二日後が日勤になってるから、そこかな。俺も夜は空いてるし」

土日にじっくり腰を据えて話したい気持ちもあるけれど、仕事柄、呼び出しがあれば休み自体が返上になる可能性もある。

でも大丈夫だ。実織と時村くんの間に、なにかがあるとは考えづらいだろう――

■□■

二日後の夜。善は急げとばかりに、俺は実織に訊ねることにした。

忙しい実織の助けになればと、普段のお礼も兼ねて、今夜は俺が夕食を作ることにした。作ると言っても、俺のレパートリーなんて限られている。誰かに食べてもらえるとしたら、焼きそばくらいのものだろう。

事前に作ると言ってしまうと、きっと彼女は遠慮するだろうから、悪いと思いつつサプライズにすることにした。思ったよりもよろこんでくれて、本当によかった。

自分で作ったシンプルすぎる塩焼きそばを眺めていると、つくづく実織は手間暇かけて日々の食事を作ってくれているのだな、と感謝の気持ちでいっぱいになった。

実織の料理はなんでもおいしいけれど、俺の身体を気遣ってさまざまな食材を使ってくれるところに愛情を感じて、うれしくなる。野菜ひとつにしても、葉もの、根菜、緑黄色野菜とカラフルだ。

……俺は本当にいい奥さんをもらったんだな。

「そういえば、最近忙しそうだね。なにかあった？」

俺は夕食がはじまって少し経ったころ、そう切り出した。

「えっ？」

実織はピーマンの切れ端を箸で摘まんだまま、ぎくりとした顔で俺を見た。

「ここのところ、帰りが遅いなと思って」

一年も一緒に暮らしていればわかる。実織のその顔は、なにか突いてほしくないことがあるときのものだ。

実織はその優しく純真な性格ゆえか、うそがつけない。ついたとしても、すぐ顔や態度に出てしまうのが微笑ましいし、かわいいと思う。

だけど今、その反応をされてしまうと……いったいどうしてなのだろうと、内心で変に緊張してしまう。

「あっ、ええと……うん、ちょっと、残務があってね」

「残務？」

「そう」

一生懸命考えた理由がこれです——という言い方になってしまっていることに、本人も気が付いていないのだろうか。確認すると、彼女がうなずく。

残務ってなにを指しているのだろう。患者への対応なら準夜勤の看護師に引き継げないものなのか？

「……看護記録とか、プリセプティへの評価シートとか。自分の仕事がなかなか終わらなくて、それで」

俺が訊くより先に、彼女のほうから具体的に答えてくれた。

「実織の書類ってこと？」

「うん、私の書類。だから、他の人には頼めなくて」

まるで視線を合わせたくない、合わせられないとばかりにやや俯き気味の実織がうなずいた。

「……そう」

疑惑という名の暗雲が、みるみるうちに垂れ込めてくる。

実織がうそをついているのは明白だった。でもどうしてうそをつく必要があるのだろう？

俺に知られたくないなにかがある？　勤務後、よく一緒にいるのを見かけると言われる、時村くんとの間に——？

「あっ、それより——香坂さん、そろそろ退院じゃないかって話だけど、そうなの？」

焦って話題を変えたのは、そのなにかを隠すためなんじゃないだろうか。

「ああ、身体の状態はよさそうだし、本人も早く病院から出たいみたいだから、明日の血液検査の結果次第では退院が決まると思うよ」

「そう、よかった」

香坂さんの容体について答えながら、胸がちりちりと音を立てて焼けるような、奇妙な感覚に陥る。実織は俺の返答を聞き、うれしそうに笑った。

「香坂さん、今日病室に行ったら、私と啓佑さんが結婚してることを誰かから聞きつけたみたいで……『いい旦那捕まえたな』なんて、さんざん冷やかされちゃった」

「そうなんだ」

「状態が厳しいってわかってて、最悪の事態も覚悟してたって言ってたの。だからか、オペを成功させてくれた啓佑さんのこと、スーパードクターって呼んで感謝してるよ」

「それは光栄だね」

「啓佑さんにもぜひコーヒーごちそうしたいって話してた」

俺に対する賛辞は、右から左へと勢いよく抜けていく。けれど、最後の言葉になにか聞き覚えがあるような気がして、思考をフル回転させる。

『楽しみだなぁ。香坂さん、私と時村くんのこと、本当にお店に呼んでくれるかな』

――そうだ。彼の手術前、実織と時村くんにもコーヒーを淹れてあげたい、というようなことを言っていたのだ。俺はそれと似たような言葉を、ICUのなかで香坂さんの口から聞いている。俺には彼がよほどそのときを楽しみに、励みにしているように思えた。

香坂さんの気持ちはありがたいはずなのに――少し面白くない、と思う自分がいた。上手く言葉で説明できないけど、実織と時村くんがふたりきりで彼の店を訪れたとしたら、と想像すると……胸の奥がざわざわと音を立てる。俺の妻である実織が、そんな軽率な行動をするはずがない、と理解しているのに。

「啓佑さん？」

実織に名前を呼ばれて我に返る。思考に集中するあまり、ずいぶんと長い間、黙りこくってしまっていたようだった。

「……あ、うん。聞いてるよ。そんな風に思ってくれるの、うれしいね」

「……また私ばっかり話してたね。ごめんなさい」

俺が黙っていたのは、実織の話に興味がないせいだと思われているらしい。

「いや、全然。俺のほうこそごめん」

そういうつもりじゃなかった。謝ると、少し緊張した面持ちだった実織が安心したように表情を緩めたけれど、ふたりの間にある張り詰めた空気までもは変えられなかった。

心臓の鼓動が速まる。もうひとりの冷静な自分が「落ち着け」と言い聞かせてくる。こんなにそわそわするのは、実織の反応のせいだろうか。彼女がなにを隠そうとしているのかがわかれば、安心できる？

知りたいようで、知りたくない気もするけれど、やっぱり理由をはっきりさせたいという思いのほうが強かった。

「──ね、実織」

訊ねると決めてからはすぐに行動に移した。極力焦燥感が伝わらないように、ゆっくりと彼女の名前を呼ぶ。

「なに？」

「さっきの……その、時村くんのことなんだけど」

「う、うん」

終わったはずの話を掘り返され、実織の顔色が変わった。瞬間的に、やはりそれが彼女にとって触れられたくないことであるのを確信してしまった。

実織を疑いたいわけじゃないのに、その可能性を考えずにはいられなくなる。

どんな風に訊ねようか、たっぷり時間をかけて悩んだ割りに、抽象的な問いかけになってしまった。なんとでも捉えられてしまいそうな、逃げ道の多い質問。

「どうって……いい子だよ。真面目だし、勉強熱心だし、感じもよくて」

予想通り、実織は看護師として評価と思しき感想を述べるに留まった。俺が訊きたいのは、そういうことじゃない。

「それだけ？」

気が急いてしまって、つい端的に訊ねてしまう、実織がその勢いにちょっとおどろいたのがわかった。

「え？　うん……それだけ、かな」

微かに愛らしい唇を震わせているのは、俺の訊き方に緊迫感があったせいか、それともうそを貫くのが下手なせいなのか。

「……そう。変なこと訊いてごめん」

――変な妄想をしてしまう自分がいやになる。

実織が時村くんと身を寄せ合っている姿を思い浮かべてしまったのを心底後悔しながら、脳内からそのイメージを排除する。

「うん」

以前にも、似たような気持ちになったことがあったことを思い出す。

それもいつかの夕食中だった。時村くんのことを楽しそうに話す実織の姿を見つめていると、妙に心がささくれ立ってしまった。なるべく態度には出さないように気を付けてはいたけれど、もしかしたら伝わってしまっていたかもしれない。

――俺はきっと、時村くんに嫉妬しているのだろう。妻のプリセプティで、親しくしているというだけの新卒看護師に妬いてしまっているなんて、情けない。

……いや。「だけ」じゃないかもしれないのか――なんて、実織を疑ってはいけないし、そんなつもりもない。実織のことは変わらず信じている。

俺たちの関係は、これまでずっと波風立つことなく、まるで高原の朝のごとく静かで穏やかなものだった。

それが時村くんという突風が吹き込んできて、どうしたらいいかわからなくなってしまっている。

退勤後、彼と一緒にいるのをどうして隠す必要があるのか。そのことがどうしても引っかかってしまい、あれこれと考えなくてもいいことを考えてしまうのがいやだ。

もし、実織が自分を慕ってくれている時村くんのことを異性として意識しているのだとしたら？

そして、実織が俺にプロポーズされる前に、時村くんと出会っていたとしたら？

——こうして夫婦でいることはなかったかもしれない？

……仮定の話を展開させても不毛であるのは、理屈ではわかっている。でも感情がそれを止めてくれない。

はじまりは契約結婚だったにせよ、俺たちはちゃんと夫婦になった。そう思っていた。

でも実織は、俺の無茶なプロポーズに応じてくれる形で妻になってくれたわけだ。それに、彼女は恋愛の先に結婚があると考えているタイプ。多少なりとも義務的に俺を愛さなければいけない、と思ったのではないか。

なら、それは「ちゃんと夫婦になった」と言えるのだろうか……？

こんなことを延々と考えてしまうのは、俺が今、それだけ実織を愛しているからに他ならない。彼女との思い出が増えるたびに、愛しさは増していくばかりだ。

好き同士でも、夫婦でも、彼女が他の男に興味を抱いているのでは、と妄想しただけで、醜い嫉妬が渦を巻く。

俺はどこか安心した風に焼きそばを食べる実織の顔を一瞥しつつ、少しずつ実織に距離を置かれているような、複雑な気持ちになったのだった。

5

――六月下旬。明都大学病院消化器外科病棟恒例の懇親会の時期がやってきた。

例年通り、夜勤に当たる職員を除き病棟内の職員が一時に集まるこのイベントは、普段コミュニケーションを図りづらかったり、配置の関係などでそもそも交流を持ちにくかったりする職員ともかかわることができる。

私と啓佑さんも、この懇親会があったからこそ、普段よりも一歩踏み込んだ会話を交わすことができた。そしてそのままプロポーズへ――と至ったのは、かなり急だったけれど。

今年も運よく夜勤明けのシフトだったので、少し仮眠を取ってから、一度着替えに家に帰ってきた啓佑さんとともに参加しようということになった。

いつもの私なら、こういうイベントのときにはそわそわしてしまって、仮眠なんて取らなくても参加できるのだけど、ここのところすごく疲れやすいし、そのせいか食欲も落ちている。今日はとにかく眠りたくて、支度の時間ギリギリまで寝入ってしまって……啓佑さんに起こされた。

――いけない、いけない。しっかりしないと。

「啓佑さんのスーツ姿、すごく素敵だと思う」

会場となっている、病院の近くのイタリアンレストランに向かう道中、改めてドレスアップした彼の姿を眺め、惚れ惚れしてしまう。

藍色に近いネイビーのスリーピースのスーツに、グレーとブルーのレジメンタルストライプのネクタイ。清潔感があり品のいい配色だ。

啓佑さんには、ネイビーのスーツがよく似合う。彼自身も好きな色らしく、サラリーマンほど着る機会がないにせよ、生地の質感が違うものを何着か持っているみたいだ。

「ありがとう。実織のドレスもかわいいよ。色味もそうだし、形も」

「啓佑さんに褒められるとうれしいな。……ありがとう」

膝下丈の半袖のワンピースドレスはシフォン生地で、裾がアシンメトリーになっているのと、デコルテから袖までに透け感があって夏らしいのがポイントだ。色味はくすんだピンクで、私も気に入っている。

「ネックレスもいいね……やっぱりこれを贈ってよかったよ」

「うん。私も気に入ってる」

私は首元に光るそれを撫でながら言った。

誕生日に啓佑さんからもらった一粒ダイヤのネックレスは、結婚指輪以上に登板回数が少なかったから、ここぞとばかりに着けてみたのだ。シンプルなデザインなので、ドレスとも違和感なくマッチしている。

多忙な日々を送る啓佑さん。この一、二週間もオペが増え、相変わらず忙しかった。家にいる時間はほとんどなく、医局に籠りっぱなし。

……久々にちゃんと会えてうれしいから、この格好のままふたりきりでどこかへ食事にでも行きたいところだ。去年を思い出すと、看護師さんに大人気の啓佑さんの周りには、女性が絶えない。おそらく一緒に行動することは不可能だろう。でも——行かないわけにもいかないか……。

悲観するのはまだ早い。前回と違って今回は夫婦なわけだから、看護師の諸先輩方も遠慮してくれるかもしれない……と楽観視した私が間違いだった。

懇親会は人数が多いこともあり、立食形式で行われる。会場に着いて然るべき方々にご挨拶を済ませると、啓佑さんの周りにはひとり、ふたりとシャンパングラスを手にした看護師さんが集まってくる。

彼女たちは例外なく色の濃いアイシャドウや漆黒のマスカラで目周りを彩り、ビビッドカラーのドレスで華やかに着飾っていて、私の存在なんて見えていないみたいに、啓佑さんのとなりのポジションを争っている。

「黛先生、よろしければゆっくりお話ししたいです～」

「最近お忙しいみたいですけど、体調は大丈夫ですか～？」

「お飲み物持ってきますよ。先生はワインがお好きでしたよね？」

「私が持ってきます～。赤ですか、白ですか？」

そのなかには、藤倉さんと村上さんの姿ももちろんあった。私を見つけるなり、啓佑さんと接近するのを阻むかのごとく、壁となって立ち塞がってきた。

「あら～倉橋さん。来たの？」

「今日は職員同士の懇親の場よ～？　奥様がいると黛先生も気を使われるでしょうし、ここはご遠慮なさったら～？」

藤倉さんはターコイズブルー、村上さんはマゼンタのドレス。目にも鮮やかな彼女たちに圧倒されつつ、村上さんの影からこっそりと啓佑さんの様子をうかがった。

——思った通り、質問攻めに遭っている。

結婚してもなお啓佑さんに興味がある、という女性たちだから、このチャンスを逃すまいと当事者間の空気には必死感が漂っている。こういうとき、啓佑さんの妻としては「看護師さんたちといるよりも、私と一緒にいることを選んでほしい」とか「既婚者なのだから看護師さんたちに弁えるように釘を刺してほしい」とか、言いたいことはたくさんある。

でも、勤務医の妻であると考え直したとき、私はそれらをぐっと飲み込んで、傍を離れることにした。

病棟のドクターはひとりで仕事をしているわけではなく、その傍に必ず看護師の存在がある。看護師との連携が上手く取れていれば患者さんに対する対応や治療にもプラスに作用するけれど、そうでなければ逆の結果となってしまい、悪影響が出るかもしれない。

だからこそ普段から病棟の看護師との関係は大切なのだ。無下に対応して徒党を組まれたあげく、働きにくくなって病院を離れていったドクターも過去には何人かいた、と聞いた。

啓佑さんは優秀なドクターで、この病棟になくてはならない人。看護師さんたちと上手く付き合ってもらうことにして、口出ししないのがベストだ。

一年前とまったく同じ状況。私は私で仲の良い同僚を探して一緒に過ごさせてもらおうかとも思ったけれど、長谷川さんや麗さんをはじめとする私が気負わず話せる人たちは、シフトや勤務の都合で病院にいる。

――さて、どうしよう。ひとまず、ドリンクでもいただいてから考えようか。

去年はウェイターから飲み物をもらえた気がする。近くを通りかかるウェイターがいないか、きょろきょろしていると。

「倉橋先輩」

とんとん、と肩を叩かれ、名前を呼ばれる。

「見つけた、ここにいたんですね」

振り返った先でうれしそうに微笑んでいたのは――

「時村くん……」

私を『倉橋先輩』なんて呼ぶのは時村くんくらいなものなのに、すぐには誰なのかわからなかった。病院でのスクラブ姿の彼しか知らなかったから、スーツ姿が新鮮だ。

「ごめん、全然気付かなかったよ。いつもと雰囲気違うから」

「スーツなんて大学の卒業パーティー以来かもです。着慣れてないのバレちゃってますよね」

「ううん、似合ってるよ」

ブラックのスーツに、淡いグリーンのシャツ。それにスーツと同色のブラックのネクタイを合わせていて、シックななかにもかわいらしさが感じられる。むしろ着慣れているように思えるくらいだ。

「先輩に褒められると、着てきた甲斐がありますね」

私の言葉に、時村くんは照れたように笑った。

「……先輩の旦那様、大人気ですね」

私を挟んだ向こう側で行われている、女性同士の火花散る戦いを目にした時村くんが、いっそ感心したようにつぶやく。

「そうみたいだね」

私ももう一度、そちらに視線を飛ばしてみる。さっきまでは五、六人の輪だったのに、さらに拡大して十人程度の集団に成長しつつあった。……啓佑さんって本当にモテる人なんだな。今さらながら実感する。

「大変ですね」

「でも去年もこうだったから、予感はしてたんだよね。しばらく続くと思う」

質問が一通り出尽くすまでは状況は変わらないだろう。私は彼に同調して苦笑する。

すると、お馴染みの時村くんスマイルが発動。

「暇を持て余してるなら、付き合ってくださいよ。僕、だいたい挨拶が済んでしまって、居場所がなくて」

啓佑さんが落ち着くまで、どこかで時間を潰さなければと思っていた私にとっては悪くない提案なのかもという思いが、ほんの少し過った。けれど。

「……ごめん。それはちょっと」

「僕と一緒にいると、変な噂に拍車がかかるから、って理由ですか？」

申し訳ないと思いつつも、私がうなずく。

「……やっぱり、誤解を与える行動は慎むべきかな、と」

私にその気はなくても、周りがどう見るかはわからない。なら、脇が甘いと取られる行動は取るべきではない。

「黛先生も一緒ですし、そう思うのはわかります。でも、契約結婚の話、誰かに知られちゃってもいいんですか？」

「っ……」

周りに聞こえないように、吐息混じりの囁き声で訊ねられる。その条件を出されると、毎回飲まざるを得ないのを、彼は知っている。

「人目が気になるならあっちに行きましょう。屋根がないからか、人が少ないですよ」

時村くんはテラスのほうを指さして歩きはじめた。必ず私がついてくると信じているような歩調だ。

「あっ、時村くんっ」

「こっちであたしたちと一緒に飲もうよ～」

途中のテーブルで、若々しい女の子たちのグループに声をかけられる。

「ごめん、またあとでね」

けれど彼は片手で謝るポーズをして、通り過ぎてしまう。

「……呼ばれてるけど、いいの？」

「いいんです。先輩といるときは、先輩が最優先って決めてますから」

あの子たちも、確か新卒看護師だった。時村くんがすぐにやってこないと知った彼女たちの表情は寂しそうに見えた。普段、仲良くしている子たちなのだろうか。

彼と接する機会は多いけれど。他の看護師との交友関係を意外に知らない。というか、あまり誰かと一緒にいるところを見かけない気がする。

……それくらい、常に私の傍にいる、ということかもしれない。

テラスに出た時村くんは、そこにあるベンチの前に私を促した。

見覚えのある、華奢な造りの木のベンチは、まさに一年前、私と啓佑さんが座ったものだ。

「お酒、なにかもらいましょう。なに飲みますか?」

側を通りかかったウェイターを呼び止めて、時村くんが私に訊ねる。

「あの……オレンジジュースをください」

お酒は嫌いじゃない。啓佑さんがワインが好きなこともあって、結婚してからはシャンパンやワインを多少は飲めるようになったし、最初の一杯くらいはお酒にしておこう……とも思ったのだけど、疲れのせいかお酒を飲みたいという気持ちにはなれなかった。

「僕も同じものを」

「かしこまりました」

ウェイターが私と時村くんにオレンジジュースの入ったロンググラスを手渡して、その場を離れる。

「乾杯しましょう。ってことで、倉橋先輩、ひと言お願いします」

「えっ、私が?」

グラスを持つのとは逆の手で、自分を指し示して訊き返した。時村くんがすかさずうなずく。……ひと言って、急に振られても。

「……じゃ、今後ともよろしくお願いします」

「はい、お願いします」

なんともベーシックな台詞になってしまったけれど、グラスを掲げて乾杯した。

おいしい。オレンジジュースの爽やかな酸味が心地いい。

時村くんがベンチに腰を下ろしたので、私もそのとなりに腰かける。

あまりくっつきすぎないように、こぶしひとつ分以上の間が空くようにしつつ、さりげなく周囲を見回した。……こちらに注目している人はいなさそうで、安心する。

「お酒苦手なんですか？」

手のなかのグラスを視線で示して、時村くんが訊ねる。

「ううん。体調がいいときは飲んだりするよ」

「じゃあ今日はいまいち？」

心配そうに眉を顰める彼に、首を横に振る。

「あ、ううん。その、疲れが溜まってるのかな。大したことないんだけど」

「無理しないで、身体大事にしてくださいね」

「ありがとう」

新年度に入ってもうすぐ三ヶ月。そのうち身も心も今の環境に適応してくれたらいいのだけど。

「……そういえばさっきの話ですけど、僕のほうがおどろきましたし、見違えました」

「なんの話かな？」

彼のほうを向いて訊ねると、私の頭からつま先までを改めて観察するような視線を向け、時村くんスマイルを浮かべた。

「先輩、かわいい。すごくかわいいです。今日のドレス、すっごく似合ってます」

「そんな、大げさだよ」

いつも学生と間違われるほど幼く見える私が、大人っぽい格好をしているから珍しく感じるのだろう。私が笑うと、彼は大きく首を横に振る。

「そんなことないです。本当にかわいい。僕の奥さんだったらいいのになって思うくらい」

やや勢い込む様子は、お世辞を言っている風には見えなかった。ということは、心からそう思ってくれている、ということだろうか。

「あ、ありがたいけどそんなに褒められると恐縮しちゃうよ。私なんて全然――」

と話を続けようとして、ブレーキをかける。

「……どうしたんですか？」

「あ、ううん。その……『私なんて』って言葉は使っちゃいけないって言われてるの、思い出して」

「ふうん。黛先生からですか？」

「……うん」

なぜか言い当てられてしまう。時村くんの前だから、敢えて啓佑さんの名前は出さないようにしたのに。

私は自分に自信がない性質だから、ついくせで使ってしまうのだけど――

『「私なんか」って言い方、俺は好きじゃないな』

『実織はかわいいし、いいところをたくさん持ってる。看護師としても、女性としてもね。だから、もっと堂々としていてほしい』

いつか、啓佑さんにそう言われてから、自分を卑下する言葉は使わないようにしようと決めたんだった。まだこうやってぽろっと出てしまうこともあるけれど、意識するだけでもだいぶ回数は減ったように思う。

……あのときはうれしかったな。女性としての自分を評価してくれたのは、啓佑さんが初めてだったから。好きな人にそう思ってもらえるなんて、幸せでいっぱいだった。

「大事にされてますね」

「ありがたいことにね」

「でも本当にそうなんですかね」

オレンジジュースを呷った彼の台詞が皮肉だったことに、そのときやっと気が付く。

かわいらしい童顔に、やや苛立ちが滲んでいる。

「黛先生、さっきすごい勢いで看護師に囲まれてましたけど……ああいうの、いやだと思わないんですか？　俺なら黛先生にチクリと言っちゃうかもです。『よそ見しないで』って」

「先生はよそ見してるわけじゃないよ。突き放すようなこと言っても角が立つってわかってるから、穏便に対応してるだけで」

看護師さんたちとの関係も大切だ。啓佑さんが悪いわけではなく、お仕事を上手く回すためにも必要なこと。私は、自分を納得させるみたいにそう言った。

「――とはいえ、気にならないと言えばうそになるけど……先生のこと信じてるから、私は大丈夫」

本音を言えば……なにかのきっかけがあれば他の人に心変わりされてしまうことも、

ありうるのかもしれないし、それを横で黙って見ているしかないのもつらい。

弱気に押された私は首元を飾る、ダイヤのネックレスに触れた。これを彼が贈ってくれたときにかけてくれた言葉を思い出してみる。

啓佑さんからたくさんの愛情を注いでもらっているのはわかっている。だからそれを信じて、気丈でいなければ。自身を奮い立たせるためにも、私は笑顔でそう言った。

「無理して笑わなくていいですよ」

すると——時村くんが小さく首を横に振った。

「僕の前では無理して笑わないでください。先輩、うそつけないタイプでしょう。だからすぐにわかります」

笑い飛ばそうかと思ったけれど、こちらを向いた時村くんの顔がひどく真剣で——できなかった。

「……どうしてわかっちゃうんだろう。そうだね、無理してるのかも。本当は、不安なんだ」

常々、時村くんにはついぽろりと本音をもらしてしまう。その理由がなんとなくわかった。彼が私の不安を言い当てるのが上手いからだ。

こんなの誰にも打ち明けられなくて、ずっと胸にしまい込んでいたのだけれど……

そろそろ、自分だけでは抱えきれなくなってきていた。それを時村くんに指摘されて、いよいよ留めておくことができなくなる。話しはじめたら気がかりが言葉となって、おのずと唇からこぼれてきた。

「前に時村くんに言われたことをずっと考えてた。私と啓佑さんは愛し合って結婚したわけじゃないから、いつか啓佑さんの理想に適う人が現れて、心変わりされてしまうこともあるんだろうな、って」

すごく悲しいし寂しい。できることなら、そんな日は来ないでほしいと思う。でも、私と啓佑さんの距離が縮まった、一年前のこの懇親会のときのように、転機が訪れるのは突然なのだ。いかに身構えていても、その瞬間がやって来るのを拒むことはできない。……だから、そういうものだと受け入れるしかない。

ぽつりぽつりとこぼれ落ちる不安な思いと一緒に、目の奥から熱いものが込み上げてくる。視界がすりガラスを通したようにぼやけ、溢れた滴が左右に一筋ずつの軌跡を残して伝っていく。

滴が顎先まで落ち切らないうちに、時村くんがそれをスーツのポケットから出したハンカチで拭ってくれる。シャツの色にも似た、ミントカラーのハンカチからは、微かにお香のようないい香りがした。

「黛先生が先輩を本当に愛してるなら、そういう不安を感じさせないはずです」

ほんの少し顔を近づけると、時村くんが真剣な眼差しできっぱりと言った。

「それに、先輩が不安に思っているのを気付かないっていうのは、先輩への気持ちが本物じゃないって証拠だと、僕は思います」

——そんなことない。啓佑さんはいつも私のことを想ってくれているし、その気持ちだって偽物なんかじゃない。

「僕ならそんな思いはさせない。前にも言いましたけど、僕、先輩のことが大好きです。黛先生に負けないくらい」

反論しようと口を開いたとき、それを遮られる——職場の人間が多く集まるという周囲の状況にそぐわない、ひどくプライベートでいて情熱的な台詞を耳にして、頭のなかが真っ白になった。

「と、時村くん……」

「だから、黛先生なんかじゃなくて僕と——」

彼はハンカチを膝に置くと、私の両手を掴もうと手を伸ばしてきた。

「他人の妻と知ってて堂々と口説くのはどうなんでしょうね」

そのときだった。私たちが座るベンチに近づいてくる影が静かにそう発して立ち止まる。時村くんは伸ばした手を遮られる形で、その人影のほうを向く。私もほぼ同時に振り向いた。

――啓佑さんだ。私は思わずその場に立ち上がる。

珍しく、啓佑さんは怒っているみたいだった。それはそうだろう。彼が今言った通り公然の場で、夫である彼もその場にいるというのに、妻が口説かれているとあれば、気分が悪くなって当たり前だ。

「そうですね。契約結婚とはいえ夫婦ですものね。……今後も夫婦関係が続いていくのかどうかはわかりませんけど」

分が悪い時村くんだけど、うろたえたり怯んだりせず残念そうにため息を吐いてから、小さな声でつぶやいた。そしてハンカチをしまってゆっくりと立ち上がる。

対する啓佑さんは、時村くんがその秘密を知っているとは当然知らなかったからだろう、わずかに口を開いて息を呑む。

私のほうを向いた時村くんは、打って変わってにこっと爽やかに笑った。

「信頼する旦那様がお迎えにいらしたので、僕は仲間のところに戻りますね。それじゃ、お互いにパーティーを楽しみましょう」

私と啓佑さんと両方に頭を下げてから、時村くんは屋内に向かって行った。

「…………」

あとに残された私と啓佑さんは、少しの間気まずさで言葉を交わすことができなかった。

懇親会はさんざんだった。あのとき、どうにか周りにいた看護師をまいて私のところへやってきてくれた啓佑さんだけど、やはりまたすぐに居場所を知られ、捕まってしまった。結局私は、ぬるいオレンジジュースを持ち運びながら、会がお開きになる時間まで少しずつレストラン内を移動して時間を潰したのだった。

帰宅の途に就く間、「つまらない思いをさせていたらごめん」とか、「疲れたよね？」とか、私のことを気遣ってくれたけれど、時村くんの話題は上がらなかった。

私から彼のことに触れるべきだったかと思いつつ、啓佑さんに怒られるのでは、という恐れがあって、思い留まったのだけど――

「……実織。寝る前にちょっといいかな」

お互いに入浴を済ませ、寝室に移動したとき。意を決したみたいに、啓佑さんからそう切り出された。

「どうしたの？」

自身のベッドの端に腰かける啓佑さんに手招かれ、そのとなりに座った。

「今日はごめん」

謝罪の言葉を口にした彼が、私の背を引き寄せ、強く抱きしめてくれる。温かい手が、大事なものに触れるときのように、優しく背中を撫でた。

「その……時村くんのこと。ああいう隙を与えてしまったのは、俺が傍にいられなかったからなのはわかってる。だから、ごめん」

「私こそ、ごめんなさい」

啓佑さんの温もりに抱かれながら、私も堪らず謝った。

「私は啓佑さんの奥さんなのに、啓佑さんの前で別の男の人に……告白されてしまった上に、固まってしまってきっぱり断ることができなかったでしょう。啓佑さんの気分を悪くさせたな、と思って……申し訳なくて」

お風呂のなかで考えた。やっぱりこのまま、なかったことにはできない。

いくらおどろいたにせよ、あの場ではっきりと断るべきだった。そのことに対しては、きちんと啓佑さんに謝る必要があるだろう。

「実織のせいじゃないから、君が謝る必要なんてないよ。……まぁ本音を言えば、確かに毅然と断ってほしかったな、って気持ちはあるけど」

「……ま、まさかあのタイミングで言われるとは思ってなくて、びっくりしちゃって」

ほんの少し身体を離して、冗談っぽく笑う啓佑さん。彼がそう思うのは自然なことなので反論の余地はない。私も頭ではきっぱりと受け入れられない旨を伝えるべきだ、とわかっていた。

「勇気あるよね、彼は。周りの目もあるし、俺が近くにいるかもしれないのに——実際、近くにいたんだけど」

時村くんがあっさりとあの場を去ったのは、彼自身、それがよろしくないことだと理解しているからなのだろう。だから啓佑さんが出てきてしまったのなら、引くしかない。

啓佑さんの腕のなかから解放され、彼との間に少し距離ができた。

「……時村くん、やっぱり俺たちの話を聞いてたんだね」

「うん。あとでそれを私に確かめてきて。……契約結婚の話が病棟内に広まったとしても、私は平気。だけど、啓佑さんの印象が悪くなるのはいやだったの。だから、誰にも言わないでってお願いしたんだ」

「もしかして、勤務後ふたりで残ってたのって、そのことが関係してたりする？」

「えっ、啓佑さん……どうしてそれを？」

残業に関しては隠し通せたと思っていたから、彼が把握しているなんて思いもしなかった。

「そういう噂を耳にしたから」

……隠れて行動しているつもりでも、見る人には見られているものだ。

「……契約結婚のことを黙っててもらう代わりに、時村くんの採血とかの技術確認に付き合っていた感じかな。ほら、私も去年は長谷川さんに頼んで勤務外の時間に練習に付き合ってもらったりしたから、今年はプリセプターとしてその分張り切って教えようと思ったんだけど、不急の残業はだめってことだったから」

技術確認という言葉を出されると断りにくいところがあったけれど、いよいよあらぬ疑いをかけられそうだ。彼は力もついているし、もうこれきりにするべきだろう。

――すると、啓佑さんがすまなそうに表情を歪めた。

「……実織がそうやってかばってくれていたこと、知らなくてごめん」

「そんな、かばうなんて……啓佑さんは知らなくて当然だよ。だって、私が黙って勝手にしたことなんだから」

むしろ啓佑さんを煩わせたくなくて、気付かれないようにしていたのだから。彼が申し訳なく思う必要なんてない。

啓佑さんは私の両肩を掬うように軽く掴んで、柔らかいマットレスの上に押し倒した。シーリングライトの明かりに翳る彼の優しげな顔が、真上から私を見つめる。

「そういう優しい実織のこと、やっぱり好きだな」

「け、啓佑さん……」

お風呂上がりなので結ばずに垂らしたままだった髪がひと房、顔にかかっている。

啓佑さんはそっとそれらを掻き分け、いとおしげに撫でると——額と額をくっつけて、こう訊ねた。

「練習に付き合ってただけ？　……時村くんに、なにかされなかった？」

「っ……な、なにもされてないよっ……」

超至近距離で見つめられている上に、ちょっと掠れたセクシーな囁き声が相乗して、鼓動が倍速になる。

「心配だな。実織は無防備なところがあるから……付け入られるんじゃないかって」

「んっ……」

啓佑さんの唇が、私のそれに触れる。ちゅ、と音を立ててすぐに離れた。再び私を見つめる瞳の奥には、苦しげとも切なげとも取れる情熱が滾っているように感じられる。

「俺、今すごく時村くんに嫉妬してる。……実織を取られないように、俺のだってしるし……たくさんつけさせてもらうよ？」

「ぁ、ふ、あっ……」

直前の言葉を貫くとばかりに、彼は私の額や頬にキスしたあと、首筋や鎖骨の辺りにキスを落とし、その場所をきつく吸い上げる。見えないけれど、きっとその場所には痕がついているはずだ。ぞくぞくするような感触に、あえかな声がこぼれる。

──私が啓佑さんのものであるという、赤いしるしが。

「実織は俺のものだよ。そのかわいい声を聞いていいのは俺だけだからね」

「うん。……私は、啓佑さんのものだよ」

むしろ、身体中にしるしをつけてほしいと思った。時村くんが触れてくる隙がないくらいに、私は彼のものであると示してほしい。

「実織──……」

優しく私の名前を呼びながら、パジャマのボタン外していく啓佑さん。

彼の温もりとひとつに溶け合いながら、私は身体のあちこちに咲いた赤い花を指先で撫でる私は、改めて彼の愛情の深さを知った。

やっぱり、時村くんには次に顔を合わせたときにはっきり言おう。

――私は啓佑さんが好きだし、他の人に心変わりする可能性は絶対にないって。

6

「……んんっ……」

翌朝、私は啓佑さんのベッドで目覚めた。枕元の時計で時間を確認すると十時。もうそろそろ、昼間といってもいい時間帯だ。

今日は準夜勤なので十六時の出勤になる。啓佑さんの出勤に合わせ、お見送りくらいすればよかったかなと思いつつ、そんな元気があまりないのも事実。

……なんだか、ちっとも疲れが取れていない。

昨晩のことがどうとかではなく、身体の芯から重だるくて……あまり経験したことのない感覚だ。

目が覚めたらすぐに活動を開始する私がベッドから離れられないのは、なにかおかしいと思いつつも、勤務に穴は空けられない。出勤時間まで身体を休めよう。私はひとりだと広めに感じるベッドの上で寝返りを打った。

啓佑さんの温もりは消えても、彼の匂いは残っている。私はシーツに頬を擦り付けた。

大好きな旦那様の匂い、安心するな……。ここにいない彼に抱きしめられているみたいでホッとする。

結局私は家を出る直前まで、ベッドのなかで過ごした。

啓佑さんには黙っていたけれど、近ごろあまり調子がよくないし、いつも健康体の私にしてはその不調が長いという自覚はあった。

でも具合が悪いと意識すると、余計に体調に不調をきたしてしまうと思っているから、可能な限りスルーすることにしたのだ。調子が悪そうなところを啓佑さんに見せて心配させると悪いし、これまでもそうするうちに、いつの間にか体調が戻っていたことがよくあったから。

勤務に入る前に、なにかしらお腹に入れておかなければいけないのに、食欲がまったくない。ここ一週間くらい、なにを見ても食べたいという感情が湧きづらく、具材少な目のスープや雑炊を食べることが多かったけれど、本当に気が向かないときは食事を抜いたりもした。

啓佑さんと生活がすれ違っていた期間だから、バレずにそういう食生活を送ることができたのだ。彼と食卓をともにするときは何品も作るし、多分、食べる量が少ないことも追及されただろう。運がよかった。

準夜勤シフトが出勤して最初にする業務は、病室のシーツ交換だ。

入浴中の患者の病室を訪れて、敷いてあったものを取り外して新しいものに換える。

言葉で言うと簡単だけど、全身を使う仕事なので、数が多いと結構大変だ。

本年度に入ってからは自分の作業を時村くんと分担していたから少し楽をさせてもらっていたけれど、今日は新卒研修の日で別シフトとなっているから、自分の持ち分は自力で終わらせるしかない。

ひとつ角を合わせては休み、またひとつ合わせては休み……と慣れているはずのシーツに苦戦していると、ノックとともに病室の扉が開いた。

「あら、実織さん」

「麗さん」

眉尻に角度をつけきれいに書かれた眉を意外そうに上げ、麗さんが病室に入ってくる。

「シーツ交換中ってことは、入浴中?」

「はい」

シーツ交換と入浴や散歩の時間をバッティングさせることは多い。だから麗さんもすぐに察したのだろう。私がうなずくと、麗さんはしばらくなにも言わずにじっと私の顔を見つめている。

――な、なんだろう……？　不思議に思いつつ、自分の仕事を続ける。

「……ねぇ、実織さん。調子悪いの？」

「えっ？」

「顔色悪いわよ。大丈夫？」

もともと肌は白いほうだけど、つい先刻、支度のために鏡を見たとき、今日はとりわけ白いな、と感じていた。同僚の看護師に気付かれなかったのに、まさか麗さんに指摘されるとは。

「あ、はい……あの、最近疲れやすくて、食欲もいまいちで……でも、元気ですよ」

「ふーん……」

探るような視線は、次第に疑わしそうな視線に変わる。

「あんまり無理しちゃだめよ。看護師が倒れてたら患者さんに示しがつかないし」

「そ、そうですよねっ。体調管理気を付けます」

おっしゃる通りだ。患者さんを元気にするお手伝いをするべき立場なのに、弱っているところを見せるべきじゃない。私は作業の手を止めて彼女のほうを向くと、頭を下げた。

「啓佑に言っておくわ。なんか調子悪そうって」

多分麗さんは、気を利かせてくれてそう言ってくれたのだと思う。でも。

「あっ、それは大丈夫です！」

私が慌ててそれを遠慮した。叫ぶような大きい声になってしまったので、麗さんはおどろいたように言葉を失う。

「ご、ごめんなさい……それに、気を使っていただいてありがとうございます。でも、言わなくて大丈夫です。啓佑さんに迷惑かけたくないので」

私も忙しいけれど、啓佑さんはもっと忙しい。仕事以外のことで、今は心配ごとを作ってもらいたくない。

啓佑さんに愛してもらっているのは、昨日の一件で十分に伝わった。でもだからこそ、負担になりたくない。

「……実織さん」

険しい表情の麗さんは、なにか言いたげだったけれど、軽く首を横に振ってから嘆息する。

「――まぁいいわ。夫婦のことに口出しするのも変な話だものね。私はなにも見なかったし、聞かなかったことにする」

「すみません」

私の意思を尊重してくれた、ということなのだろうか。一般的には、お互いの健康状態くらいは耳に入れてもいいのかもしれないけれど、啓佑さんの心の負担になるかもしれないと思うと、言わないほうがいいような気がしてしまう。

「次のシフトは？」

「明日は休みで、その次が日勤です」

「なら少し持ち直せるかしらね」

私はうなずいた。明日の休みがあるからこそ、どうにか今日を乗り切ろうという気力が沸いてきた、ということもある。明日一日休めば、少しはマシになるだろう。

「とにかく、無理はしないで。……私は入浴が終わったあとにまた出直すわ」

「じゃあね」と短い言葉を残したあと、白衣の裾を翻し、麗さんが病室を出て行く。

麗さんはなんだかんだ言って、結構優しい。お仕事柄なのかもしれないけど、細かい変化に気付いて、自分のことみたいに心配してくれるのがありがたいな、と思う。

――お休みのあとは、日勤か。

「はぁ……」

私の唇から重たいため息がこぼれる。

次の日勤では時村くんと一緒に仕事をするだろうから、その前後にでもちゃんと話さなきゃ。一年間は彼のプリセプターを務めるわけだから、きちんと線引きしたお付き合いをしましょう、って。

……あぁ、明後日のことを考えていたら、胃が余計にむかむかしてきた。

私の不調は、こういう精神的な悩みも影響してるのかもしれないな……。

——さて、残りの部屋のシーツも終わらせなきゃ。私は時計を見つつ、だるい身体に鞭打つように急ぎ足で次の病室へと向かった。

準夜勤を終え、休日を挟んでも体調は回復の兆しを見せなかった。むしろ倦怠感と胃のむかむかはどんどん増していっている気がする。
幸いにして昨日は啓佑さんが勉強会で帰宅が遅いことがわかっていたので、食事を用意しなくてもよかったのが助かった。自分が一人前に近い量を食べることもそうだけど、それを調理するのも同じくらいつらいからだ。

食べ物の匂いが気持ち悪い、と感じるのは初めてだった。鍋やフライパンから立ち込めるスープや油の匂いがきつく感じる。昨夜は、鍋で雑炊を作って食べようと思ったけれど、作っている途中で完全に食欲が失せてしまって、結局食べることができなかった。

胃のなかは空っぽなのに、自分でも不思議だった。比較的のど越しのいい冷たい食べ物・飲み物であれば受け付けるので、ゼリーやジュースばかりを口にしている。

「おはようございます」

日勤の朝、着替えを終えてナースステーションの扉を潜ると、待ち構えていたような位置にいた時村くんから挨拶をされる。

「おはよう、時村くん」

「あれ、先輩。なんか顔色が――」

「あ、ううん、大丈夫。それより、ちょっといいかな」

ちょうどいい。深夜勤からの申し送りまで少し時間があるし、例の話をするなら今だろう。気持ちがへたれないうちに、彼の言葉を遮って切り出した。

「申し送りをする前に、時村くんに話しておきたいことがあるの。こっちに来て」

私はそれだけ言うと、彼を休憩室へと連れ出した。

ふたりきりでいるところを見られたくないのが本音だけど、込み入った話をするのにナースステーションの一角や廊下というのはあまりにリスキーだ。彼にきちんと理解してもらうように話すためには、区切られた空間が必要だろう。

「どうしたんです？」

休憩室の扉を閉めるなり、時村くんが訊ねる。

私は立ったまま彼のほうへ振り向くと、意を決して口を開いた。

「ごめんね、時村くん。その……懇親会のときのことなんだけど」

こういう話をするには緊張するし、どんな風に話せばいいのかという不安が拭えない。それでもわかってもらうには、きちんと彼を拒んで、その理由を説明しなければいけない。私は内心での動揺を押し隠すように深呼吸をしてから、さらに続けた。

「私のこと好きだって言ってくれる気持ちはうれしい。でも、あなたの気持ちには応えられない。知っての通り、私は黛先生という愛する夫がいるから。……だから、ごめんなさい」

時村くんの大きく澄んだ瞳を見つめて、はっきりと気持ちを伝えて――深々と頭を下げる。本来ならば懇親会のときに伝えておかなければいけなかった気持ち。だから応じられないのだ、と。

「先輩が結婚してるのはわかってます。でも、想い続けるのは自由ですよね？」

これで諦めてもらえると思っていたのに、時村くんは小首を傾げ、悪びれる様子もなく訊ねる。

「僕は先輩のことを心から尊敬しています。先輩が黛先生のことを医師としても人間としても男性としても好きって言ってましたけど、僕も先輩に対して同じ気持ちです。黛先生とは契約結婚なんですもんね。なら、僕と本当の恋愛をしてくれるまで待ちますよ」

——衝撃、だった。まさかそう返ってくるとは思わなかったから。

時村くんはまだ、私たちが契約結婚の——愛のない夫婦だと思っている？

……まさか。だって以前に伝えたはずだ。はじまりは契約結婚だったけれど、今は気持ちが通じ合っているのだ、と。

「……時村くん。前にも言ったと思うけど、私たちは今は本当の夫婦なの。お互いに愛し合ってるの。だから、別れたりしないよ」

「この先別れないって保証は、どんなカップルにもないですよ。だからそれまで辛抱強く待ちますってことです。これ、冗談とかじゃなくて本気ですから」

彼の本気を裏付けるように、彼の目は少しも笑っていなかった。

……くらりとめまいがした。私と啓佑さんが別れるのを待つ——それまで諦めることなく、私を想い続ける。時村くんは、そう言っている。

「ね、先輩。この間香坂さんが退院されたじゃないですか。香坂さんがショップカードをくれたんです。『少し様子を見てから仕事に復帰するから、倉橋さんと一緒にコーヒー飲みにきてくれ』って。せっかくだから一緒にお邪魔しましょう?」

まるで今までの話なんてすべてなかったみたいに、時村くんが明るく言った。

「香坂さん、病気が見つかったときは本当にショックで、手術も難しいものだって話があってからはさらにショックで……でも、先輩が毎日かけてくれる明るい声に励まされて、気持ちを持ち直せたって言ってましたよ」

ふっと微笑む時村くんが、一歩、二歩と歩み寄ってくる。なんとなく距離を保っていなければいけない気がしてその分後ずさると、彼はちょっと寂しそうな顔をして立ち止まった。

「先輩の患者さん思いのそういうところ、素敵だと思うし憧れです。看護師として、人間として……女性として」

「時村くん……」

看護師としてもまだまだ未熟で、人としても女性としても足りないところが多い、こんな私を慕ってくれる彼の気持ちは心からうれしいし、ありがたい。

でも、申し訳ないけれど……想いを受け取ることはできない。

——どんな風に話したらわかってもらえるんだろう。

私には啓佑さんしかいない。他の人なんて考えられない。

それに、別れるまで待つなんて言われても……私は、啓佑さんと別れるつもりなんてないのに——

「でも……私……私は……」

……あぁ、だめだ。本当にめまいがしてきた。思考も働かない。

「先輩?」

頭がぼんやりして、身体の力が抜けて——立っていられなくなる。私はその場にうずくまってしまった。

「先輩!? どうしたんですか?」

「ごめんね……なんか……ふらっとして……」

屈み込んで私の肩を抱く時村くんの声を、まるで水のなかで聞いているみたいだった。

「……大丈夫ですか? 誰か呼んで——」

「ううん、平気。……少しじっとしてれば平気だから」

そうであってほしい、と願う。大事にはしたくなかった。脳裏に描かれるのは啓佑さんの顔。

「……懇親会のときも体調が、って言ってましたもんね」

時村くんが思い出したみたいにぽつりとつぶやく。確かに彼には少しこぼしていたかもしれない。

じっとしていたら、だんだん持ち直してきた。時村くんの手に軽く触れ、もう大丈夫、という意思表示をしてから、ゆっくりと立ち上がる。

……貧血だろうか。連日の不調に起因するものには間違いないだろうけれど。

「先輩の性格なら、仕事をしないで帰るのはいやだと思うかもしれませんが……そんなに具合が悪いなら、無理しないで帰ったほうがいいと思います。患者さんの対応中にもっと悪くなると大変ですし」

「……そうだよね」

気遣わしげに私を見つめる時村くんの言葉が正論すぎて、うなずかざるを得ない。

私が頑張れば仕事が回るならそうしようと思っていたけれど、患者さんに迷惑をかけてはいけない。現場の医師や看護師を困らせたくもないし。

「……今日は、申し訳ないけど早退させてもらうことにするよ。長谷川さんに伝えてくるね」

心苦しいけれど、今のところはそれがいちばん周りに迷惑をかけない選択だろう。

「承知しました。僕は申し送りに行ってきます。深夜勤の看護師には、僕のほうから伝えておきますね」

彼の担当は私の担当でもある。こういうとき、一緒のシフトの人がいるのはありがたい。私は「ありがとう」とお礼を言った。

「ここが職場じゃなければ、先輩のこと送ってあげたいんですけど……そういうわけにもいきませんしね。お大事にしてください」

「本当に、ありがとう。シフトに穴空けてごめんね。よろしくお願いします」

「先輩の代わりとまではいかないですけど、頑張ります」

私は時村くんに何度も頭を下げてから、休憩室を出た。そして早退の旨を伝えに、ナースステーションへと向かったのだった。

■□■

十三時半。俺は医局に戻ると、入院患者の検査結果を見ながらやや早めの昼食をとっていた。

やや早め、というのは普段と比較して、ということ。普段は診療時間が長引いたり、カンファなどで十五時近くまでなにも食べられないことが多い。手術で立て込んでいる日は昼食をとるタイミングすらないこともある。

今日は自分の担当の手術のない日だ。こういう日はカルテや検査結果をじっくり見ることができるからありがたい。

医局にあるコーヒーメーカーで淹れたブラックコーヒーで口を潤し、院内のコンビニで買ったハムサンドで腹を満たそう。

最近は取り分け早朝から出勤することが多い。実織はそれでも『お弁当を作りたい』と言ってくれたけれど、お互い仕事のある身でそこまで無理をさせたくないから、『朝が早い日は大丈夫』と伝えている。

そっけない昼食が続くと、やっぱり実織のお弁当が恋しくなるな——とかじりついたところで、扉をノックする音が聞こえた。他の医師はカンファや手術で出払っている。

「はい」

一旦食事を中断し、俺はそれまでいた自分のデスクから返事をしつつ、扉を開けに向かう。

「……君は」

扉を開けた先にいたのは、あまり歓迎したくない人物だった。

「黛先生、失礼します。時村です」

実織のプリセプティの時村くん。俺は彼の姿を見るのと同時に、懇親会のときのできごとを思い出した。

「……なにか用事ですか？」

基本的に看護師、それも新卒看護師が医局に立ち寄ることはあまりない。俺が訊ねると、時村くんは「はい」と返事をしながら、俺の目をまっすぐに見て続けた。

「黛先生にお話ししたいことがあって来ました。お忙しいところ恐縮ですが、お時間を取っていただけないでしょうか」

「構いませんよ。少しだけなら」

俺は医局の奥にある、簡素な会議室とも呼べる空間に彼を案内した。といっても、仮眠室の横にパーティションで区切っただけのスペースだ。それでも、医師同士が多少の打ち合わせをする分にはこと足りている。

「医局ってこんな風になってるんですね。僕、初めて入りました」

パーティションのなかの領域には、丸テーブルに、丸椅子がふたつ。片方を少しはしゃいだ様子の彼に勧めて座ってもらい、自分ももうひとつに腰を下ろした。

「で、話したいことってなんでしょう？」

俺は開口一番にそう訊ねる。心のどこかで、不必要に長居してほしくないと思っていたのだろう。

「倉橋先輩のことなんですが」

「倉橋さんの——実織のことなら、私も言いたいことがあります」

職場で敢えて彼女を名前で呼んだのは、自分の妻であると誇示したかったからかもしれない。俺は会話を奪うようにして続けた。

「懇親会の日、君は自分がなにを言ったか理解していますか？」

「はい」

膝の上に手を置いて行儀よく座っていた時村くんが、顔色ひとつ変えずにうなずいた。

「なら、常識的に考えて君の起こした行動は許されないことであると理解していただきたい。そして、実織に——妻にこれ以上つきまとわないでほしいです。彼女も迷惑しているので」

俺はあの日を思い出して蘇った怒りを、静かに放出する。

誰だって、目の前で愛する人が——しかも永遠の愛を交わしたはずの相手が人目も憚らず口説かれているのを見て、冷静ではいられないだろう。

あのときよく理性的に対応できたものだと、自分でも感心した。普段は他人よりも怒りという感情に対して鈍いほうだと思っているけれど、それくらいには腹が立っていた。

「確かにやり方はまずかったかもしれませんね。それは反省しています」

俺の言葉に、一瞬はすまなそうに視線を俯けた。けれど。

「でも倉橋先輩が百パーセント迷惑してるって言い切れますか？　僕は忙しい黛先生よりも多くの時間を先輩と過ごしていますから、黛先生よりも彼女のことをよく知ってる自信がありますよ」

あまりにも堂々と、正面切って違和感のある台詞をぶつけられたので、唖然としてしまう。次いで、苦笑がこぼれた。

「すごい自信ですね。たとえばどういうことを知っているんです？」

彼はなにを思いあがっているのだろうか。俺たちは信頼関係によって結ばれた夫婦だ。夫である俺より、ただのプリセプティである彼のほうが実織を知っているなんて、そんなことあるはずがないのに。

だから多分、嫌味を含んだ訊ね方になってしまっていただろう。それでも時村くんは、まったく気圧されることなく爽やかな笑みを貼り付けたままだ。

「たとえば、そうですね……本当はずっと結婚式をしたいと思ってるけど、多忙な黛先生を急かしたくなくて最近は言わないようにしてることとか、ですかね」

「…………」

俺が知らずに彼が知っていることなんてあるわけがない。当たり前の自信が、その台詞によってあっけなく打ち崩される。時村くんは俺の反応を見て満足しているのか、揃えていた脚を組み、得意顔になる。

「先輩、かなり黛先生に気を使ってるみたいですよ。自分のことで先生を煩わせたくないって。本当は挙げない予定だった結婚式を挙げようって提案したのは、黛先生なんですよね？　それなのに忙しさを理由に放置してるって……仕事柄、仕方がないのかもしれませんけど、先輩が気の毒だなあとは思います」

柔らかな語り口のなかに、針のような鋭さが潜んでいる。心当たりがあるだけに、すぐにはなにも言い返せなかった。

「そもそも契約結婚って、黛先生が持ちかけたって言ってましたよね。自分の都合で結婚という事実だけを欲しがって、倉橋先輩を利用した人にお叱りを受けるのは……納得いきませんね」

『俺の勝手な都合ではじまった契約結婚だったけど――好き同士の結婚じゃなかったけど――』

なぜそんなことまで知っているのかと疑問に思って、その理由がすぐにわかった。中庭での実織との会話を思い出したからだ。彼は、あの話を細部まで記憶に残しているのだろう。

「契約結婚は過去の話です。今、私たちは本当の夫婦になりましたから」

時村くんの言うように、最初は俺の身勝手に実織を付き合わせた形だった。彼女の意思が整わないままに、周りを固めて。当時の彼女は不本意に思っていたのかもしれない。それは申し訳ない。

でも今は違う――はずだ。俺は夫として実織を、実織は妻として俺を愛しているはず。断言できないのは、言葉とは裏腹に『本当の夫婦』というシルエットに、自分たちがぴったり重なっているのかどうか、判断がつかなくなってしまったからかもしれない。

「先輩も似たようなこと言ってましたね。それが本当なら、僕がなにをしても、ふたりの間に入り込む隙なんてないはずですよ」

「さっき言ったこと、わかってくれていないのかな」

油断すると苛立ちが前に出てしまう。十歳近くも下の彼にむきになってしまいそうな自分を戒めつつ、小さく息を吐いて冷静さを呼び起こす。

「……実織が迷惑してると言ってるんです。本人に拒絶されているのに引こうとしないのは、ただの気持ちの押し付けなんじゃないですか？」

「迷惑？」

時村くんがくすっと声を立てて、挑発的に笑った。

「――僕を本当に迷惑がっているのなら、どうして結婚式のこと、当事者である黛先生に本音を言わずに、僕に打ち明けてくれたんですかね？」

「………」

「迷惑がっている相手にそんなこと言いますか？　むしろ、僕に心を開いてくれているからじゃないんですか？」

自分でも気にかかっていたことを彼に指摘されて、言葉に詰まる。

確かに、かかわりたくないと思っている相手にそんなプライベートなことは話さないだろう。逆に気を許している人間にこそ、話しそうな内容ではある。

そんな俺に追い打ちをかけるみたいに、彼が畳みかけてくる。

「ちなみに今日、先輩は具合が悪くて早退したんですけど……ここ数日体調が優れないの気付いてました？」

「……それは」

――まったく気付いていなかった、というのが本音だ。というか、気付く機会もほとんどなかった。俺が遅くに帰宅するとすでに日勤や休みの彼女が眠ったあとだったり、逆に夜勤で不在だったりということが、このところは多かったから。

「気付いてなかったんですか？　あんなにつらそうにしていたのに？」

信じられない、とばかりに時村くんが目を剥く。それが言外に俺を責め立てることになるのを承知の上でのリアクションだ。わざとらしくため息を吐いて、睨むように俺を見た。

「医者だからこそ、好きな人の体調の変化にはいち早く気が付くものじゃないですかね。でも愛のない契約結婚じゃやっぱり難しいんですかね？」

愛情不足だから気付けなかったのではないかと――彼はそう言いたいのだろう。

返す言葉を探しているうちに、時村くんが丸椅子から立ち上がる。

「おせっかいかと思いましたが、僕は先輩の早退のことをお伝えしに来ただけですので……これで失礼しますね。お忙しいところすみませんでした」

慇懃無礼に頭を下げた彼が医局を出て行く。俺は、しばらくの間椅子から立ち上がることができなかった。

結婚式のことも、体調のことも。実織はどうして真っ先に俺に相談してくれなかったのだろう。よりにもよって、時村くんに打ち明けるなんて――

実織は俺を愛してくれている。それはゆるぎない真実だ。

でも、それならどうして――という思いが消えない。俺は、彼女にとってそんなに頼りない存在なのだろうか？

……いや、ここで実織を責めるのはお門違いだ。責められるべきは、それらに気付くことができなかった俺自身だろう。……本当に、不甲斐ない。

今はとにかく実織の体調が心配だ。責任感のある彼女は、どんなことがあっても仕事を休みたがらない。なのに早退したということは、よほど具合が悪いに違いない。

……実織に連絡をしないと。

自分のデスクに戻って、プライベート用の携帯を手に取った。

そのとき、デスクに置いていた院内用のＰＨＳが鳴った。それに応答する。

「どうしました?」

「黛先生すみません、長谷川です。昨日オペだった二二六号室の山岸さん、発熱と出血がみられます」

「わかりました、すぐに行きます」

PHSを切ると、食べかけのサンドイッチをビニール袋に戻し、病棟へと向かう。

院内にいるときは患者が最優先。場合によっては、自宅や外出しているときだって。

それが医師という仕事だ。

実織のことが気になりつつも、患者の急変を聞いて後回しにするわけにはいかない。

――俺はその日、退勤の時刻になるまで医局に戻ることはできなかった。

7

「おはよう、啓佑さん。今朝はゆっくりだね」

——翌朝。日勤に合わせて七時に起床すると、いつもならすでに病院に向かっているはずの啓佑さんが洗面所で身支度をしていた。

「おはよう、実織。……うん。急いでチェックしなきゃいけないものもないしね」

「そうなんだ。コーヒーでも淹れようか？　あ、ご飯は？」

ひとりのときは身支度を済ませ、お水で水分補給をしたあと、お弁当を作りつつあまったおかずやご飯を朝食にする、というのが定番になっている。ここ数日はお弁当を作る気も起きなければ、作ったものを食べる気も起きないのだけれど、でも啓佑さんがいるならきちんと作りたい。

「今日は大丈夫だよ、ありがとう。……コーヒー、俺が淹れるよ。実織は飲む？」

「あ……私は大丈夫。ありがとう」

ただでさえ胃の調子が悪いのに、コーヒーを飲むことを考えるだけで気分が悪くなりそうだった。遠慮すると、「わかった」と啓佑さんがうなずく。

「――そういうわけだから、今朝はよかったら実織も一緒に乗っていかない？」

――啓佑さんの車に？

彼は通勤に車を使っている。帰宅が遅くなることや、急な呼び出しに対応するためには車が欠かせない。もっとも、このマンションは病院の近くに位置しているので、頑張れば歩けなくもない距離なのだけど。

「え、いいの？」

「もちろん。そのほうが楽だよね」

「あ、ありがとう。助かる」

身体の調子はいっこうによくならない。昨日早退して夕刻まで横になり、啓佑さんの帰宅時刻に合わせて洗濯や掃除をどうにか済ませ、食事の支度をした。

食事を一緒にとるのは厳しいと感じたから、私は先に食べてしまったことにして、啓佑さんの分だけを作り、食べてもらった。だから、啓佑さんには私が早退したことは知られていないと思う。

他の看護師に訊けばわかることなので内緒にしなくてもいいのかもしれないけれど、なるべくなら隠しておきたい、と思った。……重荷に感じられたくなくて。

気分の悪さを、歯磨きで解消したい。歯ブラシを手にして、歯磨き粉のペーストを歯ブラシの上に載せていると――啓佑さんから、なにか言いたそうな視線を感じる。

「実織、あの、昨日は――」

「うん？」

「……あ、いや。なんでもない」

「そう……？」

言いかけて、やっぱりやめたような――なんとなく歯切れの悪い対応を不思議に思いつつ、歯磨きを済ませる。

そのあと、いつものルーティンで支度を済ませ、キッチンに行ってお水を飲んだ。

不調のせいか、少し前の歯磨きのせいか。無味無臭のはずの水は、どんな味とも表現できない。おいしくはない味がするように感じる。

ダイニングテーブルでは、啓佑さんが淹れたばかりのコーヒーを飲んでいる。マグから立ち上る香ばしい香りは、いつもなら心地よく感じられるけれど……今は敬遠してしまう。

「お弁当は作らないの？」

コーヒーを啜る啓佑さんに訊ねられてはっとする。

「……あ。俺のことは全然気にしなくていいんだけど、実織は外で買うより作ったほうが好きって言ってるじゃない」

――そうだ。お弁当のこと、すっかり忘れてた。啓佑さんへのお弁当は、朝彼が私よりも早く出て行くことが多くなったので、時間が重ならない限りは作らなくていいことになっているし、最近のランチはコンビニで買う飲むゼリーがメインになりつつあるから。

「……うん、作ってると遅くなっちゃうかもしれないし。ほら、車に乗せてもらうのに」

「作る時間くらい大丈夫だよ。だって実織、お昼どうするの？」

「平気、平気。病院のコンビニで買うよ」

私はなんでもないように笑って片手を振った。

「そう？ ……実織がいいなら、いいんだけど。ちゃんと食べてね」

「……うん」

なぜか労わるような眼差しで私を見つめる啓佑さん。その直後。

「先に車の支度してくるね。マンションの前に停めたら連絡するから、そうしたら下に降りてきてくれる？」

「あ、なら私も一緒に行くよ」

どうせ同じ車に乗り込むのだから、私も一緒に降りてしまったほうが早いのではないか。そう思ったのだけど――

「いや、なるべく歩かないで済むように、マンションのエントランスまで持ってくるから。少しの間だけでもゆっくりしてて」

「う、うん……」

私がうなずくと、啓佑さんは椅子の脚元に置いていた荷物を持って立ち上がり、ひと足先に家を出て行った。

もしかして啓佑さん、私が調子悪いことに気付いてくれてる……？

だからお弁当のことを訊いたり、わざわざ駐車場まで歩かせないように車をエントランスまで持ってきてくれようとしてるのかな……？

はっきりとは訊ねられなかったけど、大人な彼のことだ。私が黙っているから、敢えて聞き出さなかったのかもしれない。……もしそうなんだとしたらうれしいな。

数分後、啓佑さんから連絡が入り、エントランスから車に乗り込んだ。

車が発進して病院へと向かう。助手席に座った私は、運転席の彼の顔を盗み見た。

彼の車に乗せてもらうとき、啓佑さんの横顔を眺めるのが好きだ。真剣な眼差しが素敵で。カッコよくて。いとおしくて。

「……どうしたの？」

「ううん。今日も素敵だなって」

「ありがとう」

ちょっと照れた顔もかわいいな、と思う——気分の悪さが和らぐくらいに。

ずっとこの時間が続けばいいと思うけれど、マンションから病院までは五分もあれば着いてしまう。

「ね、実織」

駐車場に車を停めてエンジンを切ると、啓佑さんがこちらを向いた。

「……頼りにくいと感じているかもしれないけど、もっと俺のことを頼っていいんだからね」

「啓佑さん……」

啓佑さんの左手が、私の右手に伸びる。彼の体温が優しく重なった。

「あ……ありがとう」

——やっぱり啓佑さんは、私の不調に気付いてくれてるんだ。

忙しい朝、彼がさりげなく私を気遣ってくれたことがうれしい。

私は感激してお礼を言った。……本当は、もう少しこのままでいたかったけれど、そういうわけにもいかないから、後ろ髪を引かれる思いで車を降りた。

これで今日の日勤も頑張れそうだ。

——と思ったのだけど、やっぱり体力が追い付かなかった。

「休憩いただきます」

午前中の仕事を終えた私は、おぼつかない足取りで休憩室へと向かった。

倦怠感と胸のむかつき。今日はそれに寒気までもが加わっている。頭がぼうっとするから、もしかしたら熱が上がってきたのかもしれない。

食べたり飲んだりする元気なんてあるはずもなく、とにかくじっとしていたい。椅子に腰をかけてテーブルに突っ伏す。

……私、どうしちゃったんだろう。なにがあっても身体だけは頑丈で、だからこそ看護師の不規則シフトにも耐えられると思ってたんだけど……。

「先輩、大丈夫ですか？」

しばらくすると、聞き慣れた声が降ってきた。

顔を上げた私を見つめるなり、時村くんが心細そうに表情を歪めた。

「大丈夫って……？」

「体調に決まってるじゃないですか」

「……よろしくはないのかも」

はっきり悪いと認めてしまうと、また早退しなければいけない。先日のあとだから、これ以上周りに迷惑をかけてはいけない、という思いがあった。

「先輩、ちょっと痩せましたよね」

体重は測っていないけれど、スカートが緩くなったのは感じていた。あまり食事をしていないのだから、当然といえば当然かもしれない。

「病院でちゃんと診てもらったほうがいいんじゃないですか。ここでも」

言いながら、時村くんが「あっ」と言って口調を速める。

「というか、黛先生に診てもらえばいいんじゃないですか？」

それなら話が早い、と言いたげな時村くん。私は首を横に振った。

「……この間も言ったけど、できるだけそういうことはしたくないんだ」

「夫婦なのに、ですか？」

「………」

――夫婦なのに。客観的に見たら、隠しておく必要はないと思われるのかもしれないけれど……でもやっぱり負担に思われたり、重荷になったりするのが怖い。だから言えない。

「とにかく、それじゃ午後は厳しいんじゃないですか？」

「仕事になればちゃんと動けるよ。今は、休憩中だから気が抜けてるだけで」

「気を張ってないと動けないってことですよね。それって十分具合悪いってことですよ。……僕、長谷川先輩のところに行ってきますね」

「どうして？」

踵を返す時村くんに訊ねる。

「決まってるでしょう、倉橋先輩が早退しますって伝えに行くんです」

「なんでそんなこと……！」

休めない。休みたくない。恐れにも似た気持ちが先行して上体を彼のほうに向け、声を振り絞る。すると、彼も私のほうを向いて厳しい表情を向ける。

「ちゃんと診てもらってください。ここじゃなくても、他の病院でも。……最近ずっとそんな感じで、ちっともよくならないじゃないですか。僕、心配です」

「……次の休みには行くね。でも今日は、仕事に戻らなきゃ」

靄のかかった思考で、記憶を引っ張り出してみる。……次の休みは三日後、深夜勤の明けだ。

　自分の身体がおかしなことになっている自覚はあるので、そろそろ病院に行くべきだとは思っている。でも、仕事を放り出してまで行くほどではないだろう。

「働ける状態じゃないでしょう」

「大丈夫だって。ほら、こんなに元気で――」

　呆れ気味の時村くんを納得させるため、私は椅子から立ち上がってガッツポーズをしようとした。その刹那――

「先輩っ！」

　思ったよりも足元に力が入らない。体重を支えられないままその場に崩れ落ちそうになったところを、すかさず時村くんに抱き留められた。

「……大丈夫ですか？　やっぱり、帰りましょう」

　私の両肩をそっと掴んだ時村くんは、片手を私の背中に滑らせつつ、ゆっくりと立ち上がる体勢に持っていく。

　――帰ったほうがいいのかもしれない。こんなんじゃ、なんの役にも立ちそうにないし。

そんな思いが過ったところで、休憩室の扉を叩く音が聞こえた。と同時に、素早くその扉が開く。

「っ……！」

こちら側を見て瞠目しているのは──啓佑さんだ。

なんで啓佑さんがここに……？

「実織……？　なにして──」

啓佑さんの表情が消えたのは、私が時村くんに抱きしめられているような格好だからだろう。

「ち、違うの、これは──今、私っ……」

頭のなかがパニックになる。時村くんの胸を押して身体を離したのと同時に、視界にどんよりと影が降りてくる。

……あれ？

「実織っ!!」

「先輩、しっかりして！」

──だめ。ちゃんと誤解を解かなきゃ。また啓佑さんを不安にさせてしまう……。

目を開けなきゃと思うのに、眠りに落ちるときみたいに、すうっと意識が遠のいていく。

私はそのまま海の底に沈んでいくみたいな感覚に陥り、気を失ってしまったのだった。

筆についた絵の具がじわりじわりと水に溶け出していくイメージで、無意識と意識が溶け合う。そうやって少しずつ意識を取り戻した私が最初に感じたのは、右手に感じた温もりだった。

……大きい手。温かくて、力強くて。すごく安心する……。

ゆっくりと目を開け、四隅の白い天井が見えた。……ここはどこだろう？

病院……？　多分そうだ。

――ああ、私……日勤をしていて、休憩に入って……それで……。

直前までの記憶を辿っていくと、時村くんの顔が浮かんだ。そして、時村くんに抱き留められて、啓佑さんが――

タイミング悪いところを啓佑さんに目撃された。脳裏にその光景が四倍速で再生され、意識が完全に覚醒する。

――いけない。誤解を解かなきゃ！

そう思い立って、上体を起こした。

「実織……！　気付いた？」

つないだ右手をぎゅっと握った啓佑さんが、椅子から立ち上がり、身体を屈めて私をきつく抱きしめる。

「け、啓佑さん……？」

「よかった……！　心臓が止まるかと思ったよ」

これまで聞いたことがない、啓佑さんの少し泣きそうな声に、胸が切なくなった。

彼の背中に左手を回そうとして、手の甲に点滴がつながっていることに気が付く。

「無理しないで。まだ横になっていていいよ」

「だって休憩時間が――」

「なに言ってるの、そんなのもうとっくに過ぎてるよ。ナースステーションには連絡入れてあるから、休んでて大丈夫」

少し身体を離した彼は私の顔を覗き込み、頭を優しく撫でると、穏やかに笑って言った。

「そ、そうなんだ……」

ここはきっと処置室だ。壁にかかった時計を見ると、十四時半。結構長い間、横になっていたことになる。

「気分はどう？」

「今は多分、平気」

胃の気持ち悪さは消えていないけれど、寒気と、頭の芯がすうっと冷たくなって血の気が引くような感覚はなくなっている。

「それならよかった」

椅子にかけた啓佑さんが小さく息を吐いてつぶやくと、ベッドの向こうにある扉が開いた。

「失礼するわね」

やってきたのは麗さんだ。私が目覚めていることを知ると、凛とした表情をふっと和らげる。

「あら、実織さん。目が覚めたのね、よかった」

「麗さん……」

「……実織、君を診察してくれたのは麗なんだ」

麗さんがベッドの前に歩み寄ってくる。啓佑さんは横に立つ麗さんを見上げてから、私のほうを向いて言った。

「そうだったんですね、ありがとうございます」

頭を下げてお礼を言う。すると、麗さんが噴き出すように笑って肩をすくめた。

「だって啓佑、倒れたあなたを抱きかかえて処置室まで連れてきたのはよかったんだけど、突然のことで頭が真っ白になっちゃったのか、右往左往したあげく、私に頼むって。……ごめんなさいね、笑うことじゃないんだけど、あとから思い出したらおかしくって」

「……大事な人が急に倒れたらそうなっても仕方ないだろう」

そのときの光景が頭を過ったらしく、話の途中から麗さんがおかしそうに笑っている。彼女の様子をきまり悪そうに一瞥しつつ、啓佑さんがぽつりとこぼす。

「まあ、そうよね。でもそんな啓佑見たことなかったから、ちょっとびっくりしちゃった。実織さんもそう思わない？」

麗さんに振られて微かにうなずく。

本当は、何度もうなずきを返したいくらいだったけれど、本気で心配してくれている啓佑さんの手前、なんとなくそれはできなかった。

どんなときでも大人で、落ち着いていて……冷静さを欠くことのない啓佑さんがそんな風になってしまうなんて、本気で私を心配してくれていたのがよくわかる。

ひとしきり笑い終えた麗さんが、啓佑さんの肩を軽く叩いた。

「――これからパパになるっていうのに頼りないけど、実織さん、やっぱりそれだけ愛されてるってことなのね～」

「……パパ？」

途中に聞こえてきた単語を、私も啓佑さんも聞き逃さなかった。彼とふたりで顔を見合わせる。

「麗、それ、どういう……？」

啓佑さんが私の気持ちも代弁して訊ねてくれる。

唇に美しい弧を描きながら、麗さんはまつ毛の長い二重の目で私を見つめて、美しく微笑む。

「おめでとう。あなた、妊娠しているわ」

「えっ？」

「血液検査でわかったの。私ももしかしたらと思ってたから、一応調べてみたらドンピシャだったわ」

――私が、妊娠？

一瞬、時が止まった。遠い世界のできごとが、自分の身に降って湧いたような、そんな感覚に陥る。

「なにおどろいてるの、そういう覚えがないわけじゃないんでしょう。なら、もっとよろこんだら？」

「は、はいっ……！」

きっと啓佑さんも私と同じような反応だったのだろう。半分呆れたように笑う麗さんに指摘され、私は返事をする。

「他は特に異常なしよ。だから体調不良はつわりじゃないかと思うわ。もうあなたひとりの身体じゃないんだし、どうしてもつらいなら産婦人科に行ったときに相談して、薬の処方も視野に入れてみて。私は専門医じゃないから、それくらいしかアドバイスできないけど」

――そっか、私……妊娠してるんだ。啓佑さんの子どもを……。

つわりと聞いて、今までの身体の不調について納得できるような気がした。それらはつわりの症状として耳にしたことがあったけれど、その立場にならなければ知り得ない不快感なのだろう。経験したことがないと感じるはずだ。

見えないなにかに導かれるみたいに腹部に手を当てる。まだ膨らみも鼓動も感じないけれど、確かにここにいるんだ。……赤ちゃんが。

「じゃ、私は医局に戻るわね。よろこびを分かち合うのに、邪魔になるでしょうから退散するわ」

麗さんはいたずらっぽくそう言うと、さっと身を翻した。

「麗、ありがとう」

「麗さん、ありがとうございます」

扉の前でこちらを見た麗さんがにこっと笑って部屋を出て行く。

「………」

啓佑さんとふたりきりになると、さきほど麗さんから聞かされた言葉に対する実感がじわじわと湧いてきた。

啓佑さんとの赤ちゃんがいる――うれしい！

そういう機会に恵まれるのなら、ぜひ授かりたいと思っていたから。大きなよろこびに、身体全体が打ち震えるようだった。

ふと、啓佑さんの顔を見た。彼はやや視線を俯けて、なにか考え込んでいる様子だった。

その表情を目にした瞬間、抱えきれないほどの幸福感が霧散していく。

――啓佑さんは、本当によろこんでくれているのだろうか？

子どもは欲しいねという話はしていたし、授かれるのであればいつでもというスタンスだったけれど、そのやり取りを交わしてから少し時間が経ってしまっている。

子どもが生まれれば、今まで以上に忙しい日々となるのは確実だ。いかに啓佑さんに負担をかけまいと思っても、限界がある。私の身体もこんな調子だし、彼に迷惑をかけてしまう場面も出てきてしまうかもしれない。

ましてや時村くんのこともあったし、しかもさっきはあんな場面を見られてしまって……そんな状況なのに、うれしいと思ってもらえるものなのだろうか？

「実織」

頭のなかで不安がぐるぐると渦を巻いていたとき、啓佑さんが私を見つめて名前を呼んだ。表情も声のトーンもフラットで、感情を推し量ることはできない。

――啓佑さんはどう思ってるの？

――私たちの赤ちゃんがお腹に宿ったと知って、よろこんでくれてるの？

彼が切り出す話を聞きたいような、聞きたくないような複雑な気持ちで待った。心臓がぎゅっと苦しくなる。

「……すごくうれしくて、このよろこびをなんて言って表現していいのかわからないよ。待ち望んでいた赤ちゃんが、俺たちのところに来てくれたんだね」

彼の声は、さっき私を抱きしめてくれたときみたいに揺れている。多分だけど、よろこびを噛み締めているのだろう。

「啓佑さん……」

私が彼の名前を呼ぶと、啓佑さんが破顔した。

「啓佑さんは……よろこんでくれてるんだよね？　これからも、私と、お腹の赤ちゃんと一緒にいてくれる……？」

その優しい表情を見ていたら堪らなくなってしまった。彼の表情で答えはほとんどわかりきっているのに、言葉での確証を求めるように訊ねる。

「当たり前じゃないか、なんでそんなこと訊くの」

期待通りの返答を得ることができて、自分のなかで滞っていた感情の流れが身体を突き破り、濁流のように一気に溢れ出すのがわかった。

「……よかった」

その幾筋かが安堵とともに双眸からこぼれ落ちて、真っ白いカバーのかかった布団にぽたぽたと染みを作っていく。

「ごめんね……なんか、ホッとしたら泣けてきちゃって……」

安心したのに——もう泣く必要なんてないのはわかっているのに、止まらない。どうしていいかわからないでいると、また啓佑さんが抱きしめてくれる。彼の顔に胸を埋めると、高ぶった気持ちが少しずつクールダウンしていく感じがした。

白衣の襟に涙の染みがいくつもできて、それらが冷たくなったころ、私はようやく顔を上げた。

「少し、落ち着いた？」

「うん……」

まだ涙で濡れる目元を、啓佑さんの指が優しく拭ってくれる。私は鼻を啜りながらうなずいた。

「……最近ずっと考えてたの。私たちは……ちゃんと『本当の夫婦』になれたのかな、って。言葉では確認し合ってたけど、でも『本当の夫婦』ってなんなんだろうって」

なにげなく使っていた言葉だけれど、考えてみると存外に定義が難しいと感じた。

私は真剣に耳を傾けてくれる啓佑さんの瞳を見つめ返して続ける。

「私は啓佑さんにたまたま選んでもらって奥さんになったわけでしょう。もちろん、今は啓佑さんが大好きだし、啓佑さんからも愛情を向けてもらってる」

さまざまなタイミングが上手く重なり合って、私たちは愛し合う夫婦でいる。そう認識している。

「でも、そういうはじまり方をしたってことは、いつか心変わりされる可能性だってあるよね。私よりももっと啓佑さんの理想だと感じる人が現れたら、別れを切り出されてしまうかもって――一緒に暮らしてきたっていう『情』を、『愛情』だと勘違いしているって思われたら……」

これは結婚してからずっと抱いていた不安だった。

もし啓佑さんにもっと素敵な人が現れたら。もし啓佑さんの私に対する『愛情』が、『情』だったら。

こういう『もし』は考えたらきりのないことだとわかっているけれど、一度気になり出したら心の隅に居座ってしまうものだ。

「実織は、俺と一緒に暮らす間に芽生えた『情』を『愛情』だと感じてるの？」

そこまで言うと、啓佑さんが静かに問いかける。

……そんなことない。啓佑さんと触れ合うときはドキドキするし、反対に癒やされつつも心強く感じられるときもある。それは紛れもなく『愛情』じゃないだろうか。

私は首を横に振った。

「——俺も一緒だよ。そんな風に思ったことはない。……それに、たまたま選んだんじゃなくて、素直で、頑張り屋で、看護師として活き活きと働いている実織が素敵だと思ったからプロポーズした。そして、そんな実織だから好きになれたんだと思ってる」

後頭部を撫でて軽く引き寄せると、啓佑さんは私の額にひとつキスを落とした。

「他の誰でもなく実織だったから、俺はあれほど倦厭していた恋愛をもう一度してみようという気になれたんだよ。この強い感情が、愛情じゃないなんてことないだろう？」

私は啓佑さんにとって特別。そう実感できるように、彼は言葉を変えて丁寧に私に説明してくれる。その行動からも、彼に大切にされていると——愛情を感じることができて、とてもうれしい。

「なんて……そう思いながら、実を言うと俺も同じようなことを考えてたよ。『本当の夫婦』ってなんなんだろう、とか……あと、実織が他の人に心変わりをしたら、って——ほら、時村くんのこととか」

「啓佑さん、違うの。時村くんとは本当になにも」

意識が薄れる直前のことが。フラッシュを焚いたみたいに脳裏に蘇る。私の言葉を遮るように啓佑さんがうなずく。

「わかってる。実織のことだから、彼にきっぱり言うって決めてくれたなら、多分そうしてくれたんだと思ってるし、疑ってないよ。……嫉妬はしたけどね」

私を安心させるみたいに微笑んで、彼はふっと息を吐いた。

「時村くんね、医局に来たんだよ。実織のことで話があるって」

「えっ？」

「実織が最近身体の調子が悪いっていうのを気付いてるか、って。……実織が早退した日だった。彼の言う通り、俺は自分のことで手いっぱいで、実織の様子まできちんと把握できていなかったんだけどね」

「そうだったの……」

普段、よほどの急用や事情がなければ、一看護師が医局に入ることはないのに。つまり彼は、啓佑さんと話をするために、わざわざ赴いたことになる。

「……それに結婚式のことも言われたよ。実織、時村くんにそのことを相談したんでしょ？　俺のスケジュールが押さえられないから、なかなか結婚式が挙げられないって。だけどそれを俺に直接言うと負担になるから、そうはしたくないってことも」

「相談っていうか……ごめんね、あの……言い訳になっちゃうけど、そのこと誰にも話してなくて、でも気にはなってて……それを時村くんにたくさん訊かれるうちに、ついいろいろ答えてしまったというか……」

元より誰にも話すつもりのない悩みだったけれど、時村くんがひとつひとつに鋭く突っ込んできたこともあって、その都度答えてしまったのだった。……今思えば、それも軽率な行動だった。釈明をしながら申し訳なさが募る。

「啓佑さんとしては時村くんから聞かされて気分悪かったよね。……ごめんなさい」

「いや、いいんだよ。……逆に反省したんだ。実織のことをわかっているつもりで、そうじゃない部分もあったんだなって。……申し訳ない」

優しい啓佑さんは、私を責めることなくむしろすまなそうにうなだれた。

それから、迷うような間のあと――佇まいを正して、軽く咳ばらいをする。これから、大事なことを切り出すよ、とでも示すみたいに。

「さっき疑ってないって言ったくせに、カッコ悪い質問するけど……時村くんのことは、本当になんとも思ってないんだよね？」

終始真面目なトーンで訊ねたあと、彼が俯く。そのあと、照れくさそうに後頭部を掻きながらこうもらした。

「――っていうのは……そういう、俺には直接話せないことを時村くんには話せるんだって思ったら……男として悔しいし、どうしても気になって……嫉妬してしまうだろう……？」

彼の表情は、ちょっと拗ねているようにも見える。こういう啓佑さんはかなり貴重だ。

「……なんとも思ってないよ——本当に」

啓佑さんをかわいい——と思いつつ、ぼーっと見惚れていてはいけないと、慌てて言葉を紡ぐ。

「……時村くんのことは、本当にかわいい後輩としか思ってないよ。初めてのプリセプティだから、そういう特別感はあるけど」

初めてできた後輩。プリセプターとしてサポートしなければという使命感のようなものもあって、彼とはこまめにコミュニケーションを取るようにしていたし、看護師としての業務を覚えてもらうために私ができることはなんでもしたいという気持ちがあった。

でもそれはあくまで私が彼の先輩で、サポートするべき立場にいるからであって、恋愛感情が絡むものではない。

「体調の件も、結婚式の件も……啓佑さんが忙しいのがわかってるから、迷惑や負担をかけたくなくて黙ってただけなの。ただでさえお仕事で疲れてるのに、私のことで煩わせたくないなって思って……」

私のことは後回しでいいと思っていた。本音を言えば、夫である啓佑さんにだから弱音を吐いたりとか、わがままを聞いてほしいとか、そういう気持ちはある。けれど、医師という多忙を極めるお仕事に携わる啓佑さんに言うべきではない、という理性が働いた。

「迷惑とか負担だなんて思わないよ。俺はどちらもすごく大事な話だと思う」

「啓佑さん……」

彼がもう一度私の額にキスをしてから、私の手を取って椅子にかけた。指先と指先とを絡めて、きゅっと握ってくれる。伝わってくる体温が心地いい。

「実織の身体が無事でよかった。お腹の赤ちゃんも」

実感のこもった言葉をつぶやいたあと、啓佑さんが温かな眼差しを向けてくれる。

「——家にいる時間が少なくて頼りないかもしれないけど、実織がきちんと俺と話したいと思うことがあるなら、遠慮しないで言ってほしいな。患者さんを守るのも大切だけど、自分の大切な奥さんこそ——愛している人こそ、守りたいから」

——愛している人。私は啓佑さんに愛されている。彼の大切な奥さんだから。

はっきりと言葉にして伝えてもらうことで、これまでのさまざまな不安や恐れが、すべて吹き飛んでいくようだった。

……そっか、遠慮しすぎていたのか。私を愛してくれている、大切な旦那様にだからこそ、ちゃんと伝えなければいけなかったんだ。

「……うん、そうだよね。今度からはひとりで抱え込まずに、啓佑さんに話すようにする」

「うん。俺も、それにちゃんと応えられるようにするね」

「さっそくだけど……ひとついい？」

この流れだから訊きやすい、と思った。おずおずと切り出すと、啓佑さんが快くうなずく。

「どうぞ」

「新人の看護師さんたちとご飯に行ってるって話を聞いて——それ自体は全然、問題ないんだけど、その……女の子たちばっかりって聞いて……」

「浮気でもしてるんじゃないかって？」

なるべく疑わしい雰囲気を出さないように言葉を選んでいると、意図を見透かした風に彼が首を傾げて笑う。

「そ、そう決めつけてはないけど……でも、一応、確認というか」

若くてかわいい女の子たちと一緒にいると聞けば、どうしても気になってしまう。

「さっきまでの話、聞いてくれてたらわかると思うけど、俺には実織だけで、他の人のことなんて眼中にないよ。食事に行って病院の話や仕事の話をしてるけど、それだけ。それに、そういうときは俺だけじゃなくて他の先生も一緒だから。……安心した？」

啓佑さんは淀みなく言い、まっすぐ私を見つめて問うた。

そう、彼は私を愛してくれている。さっき私に告げてくれた言葉が、なによりの証拠だろう。

「うん。……ありがと。安心した」

「ならよかった」

私の言葉に、優しい微笑みが返ってくる。

……そっか。あれこれ想像ばっかりしないで、やっぱりこうやって、直接訊くのがいちばんだ。

「今日は俺が家まで車で送るよ。一度仕事に戻るけど、終わったら迎えに来るから、それまでここで休んでること。いいね？」

「……はい」

私がうなずくと、と啓佑さんの手のひらが、ふわりと私の頭を撫でてくれた。

「実織にしてはやけに素直だね。『原因がわかったからもう大丈夫、仕事に戻る』って言い出すかとヒヤヒヤしていたけど」

「うん。でも……私たちの大事な赤ちゃんがいるから」

不調の理由が判明して、意識もはっきりしているので、現場に戻るべきか――なんて思いも巡ったけれど、やめた。麗さんも言っていたけれど、もう私ひとりの身体じゃない。

私のお腹には新しい命が宿っている。命というものと身近に接する仕事をしているから、それがどれだけ尊いことであるのか、自分なりには理解しているつもりだ。すべてが順調にいくとは限らないのだから、無理をするのはやめよう。自分のためだけじゃなく、これからは子どものことも考えて行動しなければ。

「これから一緒に……守っていこうね」

啓佑さんが囁く。私はまだ彼なのか彼女なのかもわからない、最愛の命に想いを馳せながら、もう一度うなずいたのだった。

■□■

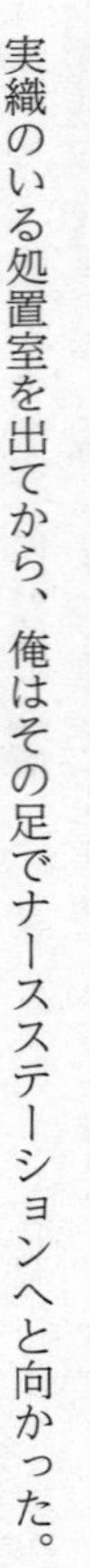

実織のいる処置室を出てから、俺はその足でナースステーションへと向かった。

「黛先生、倉橋さんの具合はどうですか？」

ガラスの扉を開け、最初に気が付いてくれたのは近くにいた長谷川さんだ。実織の容体を心配してくれていたのだろう。不安そうに訊ねてくる。

――どうやら、つわりだったみたいで。

本当は、この誇らしい気持ちを誰かに伝えたかったのだけど、ぐっと堪えた。おめでたい話ではあれど、安定期まではなにがあってもおかしくはない。医療関係者でなくとも周知の事実だ。

「……ええ、過労みたいですね。少し休めばよくなるとのことでしたので、すみませんが今日はこのまま様子を見させていただければと思っています」

「それはもちろん――」

長谷川さんが言い終わらないうちに、彼女を押しのけるような形で別の看護師がふたり、前に出てくる。

――彼女たちは……藤倉さんと村上さんだ。

「あら～黛先生じゃないですか～」

「奥様大事に至らないみたいでよかったです～。それにしても先生、お優しいわ～しっかり奥様の様子を見に行かれてたんでしょう～お忙しいのに」

ふたりは満面の笑みを浮かべながら、それぞれ胸の前で両手を組んで小首を傾げる。

「すみません、用事があって来ました。時村くんはいますか？」

「はい～、こちらに！」

「時村く～ん。黛先生がお呼びよ～」

村上さんがオーバーなくらいに片手を事務デスクが並ぶ一角に向ける。その間に、藤倉さんが目当ての人物を呼び、俺のもとに連れて来てくれる。

「……先ほどはどうも。そして忙しいところすみません。少しいいですか」

「長谷川先輩、構いませんか？」

時村くんは長谷川さんに指示を仰いだ。彼女がうなずいたのを確認してから、彼もうなずく。

「ちょっとこちらへ」

俺は時村くんを誘い出し、ナースステーションの外に出る。

「やだ、いい眺め。イケメンがふたり並んでる……まるでドラマの世界ね～」

「レアな構図よね～、ちゃんと目に焼き付けておかなきゃ！」

その背後で、例のふたりがやたら楽しそうに話している。光栄だけれど、いい加減そういう反応もげんなりする。面と向かって言われるよりはまだいいか。

邪魔が入らない場所で話がしたかった。俺が最初に思いついたのは病棟にあるカンファルームだ。医師や看護師が使用する、机がロの字型に配置された部屋。案の定空いていたその部屋に彼を促した。

「時間を取らせてすみません。すぐ済みますから」

部屋の明かりをつけて、扉近くで彼と向き合う。

「いえ。それより倉橋先輩、大丈夫でしたか？」

彼も実織の様子を気にしてくれていたようだ。当たり前といえば当たり前か。直前まで一緒にいたのだし。俺は「ええ」と答える。

「――意識も戻りましたし、血液検査の結果も異常もありませんでした。大丈夫です」

「よかった。……ここのところずっと様子が変だったから、心配だったんです。なにか大きな病気じゃないといいなって……」

この部屋に入ってきたときにまとっていた緊張感が少し解けた気がする。

「時村くん。私は君に、お礼を言いに来ました」

「お礼？」

「はい」

俺は深くうなずく。そう、彼に会いに来たのは、感謝の気持ちを伝えるためだ。

「君がいなかったらと思うと、生きている心地がしません」

「僕はなにもしていませんよ。……というか、なにかをする隙も与えてくれなかったじゃないですか」

眉を顰めた時村くんが不貞腐れた態度で言う。

「黛先生、あっという間に先輩を抱きかかえて、そのまま部屋を出て行って……本当、声かける暇すらなかったですよ」

「自分の妻が倒れたら、そうならなきゃおかしいでしょう。こっちも必死ですよ」

自分の命の次に大切な――いや、ひょっとするとそれすら投げうってもいいと思えるほど愛している女性が、どうにかなってしまうかもしれない。そんな状況だったから、身体が先に動いてしまった。

……処置室に運んで以降は、動揺するあまり麗に対応をお願いしてしまって、そこは情けなかったけれど。

「でもその前に、倒れそうになった実織を助けてくれたと聞きました。私がお礼を言いたいことのひとつは、それです」

「それも大げさですよ。椅子から立ち上がってふらついたところを支えただけです。個人的には、もう少し色っぽい理由だとよかったな、とは思ってますけど」

俺の目を見つめながら、言葉を粒立てて意味深に笑う彼。ただそう思っただけなのか、それとも俺を煽るためなのか、どちらなのかはわからないけれど、俺は間髪容れずにうなずく。

「大丈夫です。君が実織とそういう関係になることは絶対にないですから」

「絶対？　言い切れますか？」

眉を跳ね上げて鋭く切り返されても、答えは変わらない。

「言い切れますよ。私と実織は愛し合っているので」

お互いの気持ちを言葉にして伝え合った今なら、寸分の迷いもなくはっきりと言えた。実織は俺だけを愛してくれているし、これからもそうであり続けるだろう。

「契約結婚でしょう。『情』を『愛情』と履き違えているだけです」

反発心を剥き出しにする時村くんに、俺はいっそ微笑ましい気持ちで首を横に振った。

「……時村くんの言う通り、最初はいびつな形からはじまった結婚でした。だけど、ふたりだけの親密な時間を繰り返し、お互いを想い合う気持ちは確実に『愛情』です。私はね、時村くん。だからこそ君にお礼を言いに来たんですよ」

目の前の彼の表情から、優位性が消える。なにを言いたいのかよくわからないというように、怪訝な顔をしている。

「君の存在は、私と実織の間に介在していた遠慮や不安を取り払うきっかけを与えてくれました。目覚めた実織と、お互いに伝えそびれていたことや、配慮が足りなかったことを話し合って、誤解を解きました。今、私と彼女に隠し立てしていることはなにもありません」

彼が俺たちの間にある問題を浮き彫りにしてくれなければ、俺はずっと実織の本心に気が付かないまま毎日を過ごしていたかもしれない。それによって、実織が傷ついたり不満を抱えるようになっていってしまったなら、近い将来、必ず信頼関係にヒビが入っていただろう。そうなる前にきちんと話ができてよかったと、心から思う。

そして――

「――なにより、その『愛情』によって授かった新しい命が、実織のお腹で育っている。君が実織を助けてくれたことにお礼を言ったのは、そういう意味合いもあるんです」

時村くんが「えっ」と小さく声をもらした。

実織の妊娠を、本人に黙って教えていいものかどうか。それ以前に、やはり安定期に入るまでは打ち明けないでおくべきなんじゃないかと悩んだけれど、きっと同じ環境に身を置く彼ならば、その言葉で実織を諦めてくれるだろう——なんていう、狡い気持ちが働いたのは認めざるを得ない。

でもそんな牽制なんかを遥かに凌ぐ感謝の気持ちを、彼に伝えたかったのだ。

実織の話の通りなら、ふらついた彼女の身体を受け止めてくれたのは時村くんだ。万が一そのまま倒れていたら、胎児に影響があったかもしれない。

「私たちの子どもを守ってくれた。ありがとうございます。でもその子がいるからこそ、いくら実織に迫っても、実織がなびくことはないです」

「……そういうことだったんですね」

彼は深いため息を吐いたあと、しばらくの間、肩を落としてフロアマットを睨むように見つめていた。

「……僕も新卒とはいえ、病棟看護師の端くれです。命をつなぐお手伝いをしているわけですから……新しい命の誕生を歓迎しないわけにはいかないですよね。……わかってます」

体側でぐっと握ったこぶしが、彼の心の内での葛藤を思わせた。

「……子どもか。正直、そう言われてしまうと……身を引くより他ないです。倉橋先輩の幸せを考えたら……」

医療従事者として、実織に宿った新しい命を歓迎しなければならない。つまり、俺と実織の愛情の絆である子どもを認めなければいけないと……必死に自分に言い聞かせているのだろう。

彼のなかで俺は、実織を契約結婚するために利用して、そのあと本当に恋愛しているように錯覚させようとした悪い男だったのだろう。……いや、おそらく今この瞬間も。

実織の目を覚まして、できることなら自分と本当の恋愛をしてほしい――その一心で、既婚者相手にもかかわらず、果敢に自身の存在をアピールし続けていた。でも。

――そこに新しい命があるなら、その存在を否定するわけにいかない。看護師として。人間として。……実織を愛する男として。

「君は真面目で仕事熱心で、一年前の実織を見ているようだ、なんて話を聞いたことがあります。そんな君なら、うなずいてくれるだろうと信じていました」

俺の言葉に、時村くんは自嘲的な笑みをこぼして首を横に振る。

「買いかぶらないでください。僕はそんなにものわかりのいい人間じゃないです。第一、そんなすぐに諦められるような軽い気持ちで、旦那さんのいる女性に近づいたりしません。それくらいに倉橋先輩が魅力的で……こんな素敵な人とはもう出会えないだろうって思ったんです」

「わかりますよ。実織は明るくて、優しくて、かわいくて……それなのに強い、素敵な女性です。今まで私の周りにはいなかったタイプだったので、余計に惹かれたのかもしれません」

処置室のベッドで横になっているだろう彼女のことを思う。打算のない彼女と一緒にいる時間が、今はいちばんの癒やしになっている。

「――私たち、女性の好みが一緒ですね」

「そうですね。全然うれしくないですけど」

「なかなか辛辣ですね」

ぴしゃりと一蹴されて思わず噴き出してしまった。

「これくらい、言わせてください。人生で初めて運命を感じた女性を諦めようとしているんですから」

彼が拗ねたように言ってから、じっと俺を見つめる。

「確認ですけど、黛先生と一緒にいることを倉橋先輩も望んでいるですよね？……それで黛先生は、先輩のことを絶対に幸せにしてくれるんですよね？」

答えは、どちらもイエスだ。その質問にしっかりとうなずくと、時村くんは天井を仰いでまたため息を吐いた。そして後ろ髪引かれる思いを断ち切るかのように、再びこちらを向いた。

「悔しいですが僕……諦めますね。先輩のこと」

そう告げてから、くっと小さく声を立てて笑う。

「――なんて、もともと黛先生の奥様なのは承知の上なので、そんなこと言うのもおかしいんでしょうけど」

「……ありがとう、時村くん」

ならばお礼を言うのもおかしいのだろう。でも、周りが見えなくなってしまうほど誰かを好きになってしまう気持ちはわからなくもない。すでに誰かと永遠の愛を交わした相手だったとしても、好きなものは好きなのだ。

職場であることを弁えるべきとも思うけれど、一方でそれを押し隠すことなく貫いた彼をすごいとも思った。俺が同じ立場だったとしたら、そんなにストレートに表現できなかっただろうから。

「生意気言うようですけど、先輩と赤ちゃんのこと、守ってあげてください」

「うん。必ず」

俺は潤んだ瞳で朗らかにふるまう彼に深く感謝しつつ、彼の想いの重さも背負ってふたりを幸せにしなければ――と、静かに誓ったのだった。

病院で倒れた翌日、翌々日は大事を取ってお休み。さらにその次の日がもともと公休だったこともあり、四日後の日勤から復帰することにした。

相変わらず倦怠感はあるし気持ち悪いけど、原因がはっきりしただけでもかなり気が楽になったし、たくさん眠ったらすっきりした。

その上――大好きな人の子どもを授かったといううれしさによって無茶も利きそうな気がしている。

啓佑さんからは「絶対に無理をしないで、なにかおかしいと思ったら勤務中でもちゃんと言って休ませてもらうこと」と再三言われているから、忠実に守ろうと思っているけれど……少なくとも午前中はそんな心配をする必要がないくらい、楽しく元気に仕事をこなせている。

昼の休憩をもらった私は、外の空気を吸って、少しでも気分をリフレッシュさせてから食事をとりたかった。

食事といっても、主食はやはり口当たりのいいゼリーやジュース類であることが多い。今日昼食として持ってきたのも、一日分のビタミンが取れるというマスカット味のゼリー飲料だ。種類が違うものをいろいろ試して、そのなかでより飲みやすいものを探している。

袋に提げたゼリー飲料を持って中庭に向かう。扉の外に出てコンクリートの通路を進み、鋭くすら感じられる日の光に照らされている木々を眺めると、夏が近づいているな、と思う。入口のほうから直線状に、等間隔に並ぶベンチのなかからひとつを選んで、そこに腰かけた。

――いい天気だな。朝の支度のときにかけていたニュース番組で、もうそろそろ梅雨が明けると話していたのを思い出した。

中庭のベンチには患者さんの姿どころか誰の姿もなく、この温かい日差しを独り占めしているイメージで、清々しい気分になる。

「倉橋先輩」

気分がいいときに食事を済ませておきたい。そう思って袋からゼリー飲料を取り出したとき、後ろからつんつんと肩を突かれた。誰であるかはわかっていたけれど、念のために振り向いて答え合わせをする。

「いいですか、一緒に食べても」

視線の先には時村くんスマイル。正解だ。

今日久しぶりに出勤して以降、仕事での必要最低限のコミュニケーションをとったのみで、彼とふたりきりでじっくり話す時間はなかった。

子どもも授かったのだし、時村くんには今度こそ、私の気持ちが変わることはないことを伝えなければ。

……でも、どんな風に言えばいいのだろうか。どんな言葉を選んだなら理解してもらえるのだろう。

返事をする一瞬の間でさまざまな思いが駆け巡る。

「先輩って、顔見ただけでどんなこと考えてるのか、わかっちゃいますよね」

背もたれの側にいた彼が回ってきて、私の横に座った。彼はお弁当が入っているだろうトートバッグを傍らに置く。ちょっと警戒して、こぶしひとつ分とは言わず人ひとり分くらい間を開けてしまう私に、時村くんがおかしそうに笑う。

「大丈夫ですよ。もう、先輩が困ることはしません。先輩を諦める努力をするって決めましたから。……この間、黛先生と話したんです。先輩が倒れた日。わざわざ先生のほうから来てくれました。先輩が大丈夫だってことを、僕に知らせてくれて。……それに、赤ちゃんのことも」

話の詳細は聞かされていないものの、啓佑さんがあの日時村くんのもとを訪れて、私の無事や妊娠を告げたというのは、帰宅してから教えてもらった。

『実織はあまりオープンにしたくないことかもしれなかったよね、勝手に言って申し訳ない』

と謝られたけれど、職場の同僚のなかでむしろ時村くんにだけは伝えたほうがいいのかもしれない、と思っていたから、責める気持ちにはまったくならなかった。

私は身体ごと彼のほうを向いてこうべを垂れた。

「時村くん、あのときは迷惑かけてごめんなさい……ありがとう」

「やめてくださいよ、先輩まで。本当に僕はなにもしてないんですよね。動いてたのは、先生だったから」

　恥ずかしそうに片手を振った時村くんは、おにぎりが入っていそうなアルミホイルの包み紙と、お弁当箱とをベンチの上に出して続けた。

「――あのときの先生、素早かったな。僕なんか全然手助けする間もない感じで、処置室に連れて行って。……そのあとも先輩の様子も伝えに来てくれて、『倒れそうになったところを助けてくれてありがとう』とか言ってくれたんですよね。僕、自分の奥さん口説き落とそうとしてるのに、ですよ？」

「意外とお人好しですよね」と付け足して、時村くんが笑う。

「だけどそのとき、先輩が妊娠してるってことを教えてもらって……『実織が君になびくことは絶対にないです』って断言されたんです。それ聞いて……やっぱり看護師として、新しい命を快く迎え入れるべきって思って。これ以上自分が先輩の幸せの障害になっちゃいけないと思ったんです」

　笑っていた時村くんの顔つきが、真剣なものに変わっていった。私の目をまっすぐ見つめて、彼が続ける。

「同時に、黛先生が先輩のことすごく信頼しているっていうのも伝わってきました。だって、相手の心変わりを絶対にないって言い切れるのって、結構すごいことだと思いませんか？　パートナーとのまだ見ぬ未来のことを、迷わず口にできるのって、よほどの自信家か、ちょっとやそっとじゃ解けないほどの固い絆で結ばれているかのどちらかしかないでしょう」

そこまで言うと、彼はおそらく意識的に、例の時村くんスマイルを振りまいた。

「――そういうわけで、先輩のこと追いかけるの、もうやめますね」

「時村くん……」

これまでの彼の折れない態度を知っていたからこそ、その決心がいかに苦しいものであったかを推し量ることができた。

「すぐに先輩への気持ちを忘れるっていうのは無理ですけど……仕事に集中して、少しずつ諦める努力をするって決めたんです」

……こういうとき、私はなんて声をかけるべきなんだろう。

なにを言っても空々しく感じてしまう。それならばなにも言わない方がいいのかもとも思ったけれど――私なりに言葉を選びながら、口を開いた。

「時村くんが『先輩、先輩』って慕ってくれる気持ちはすごくうれしいよ。初めてできた職場の後輩だし、仕事のことで、私でわかることがあればなんでも力になりたいと思ってる。……だから職場の同僚としてこれからもよろしくね」

やっぱり後輩として彼を大切だと思っているし、かかわっていきたいという気持ちは、どうしても伝えておきたかった。

私の言葉に、彼は一瞬だけ泣きそうな表情をしたけれど、それはすぐにわが病棟の女性職員を虜にする爽やかな笑みに取って代わる。

「はい。これからも仕事のこと、いろいろ教えて下さい。……尊敬できる先輩として、頼りにしてます」

「やだな、そんなの畏れ多いよ」

そんな風に持ち上げられると申し訳ない気持ちになるのと、それでもうれしい気持ちとがないまぜになり、私は照れ隠しのように笑う。

「だって先輩は、僕の憧れの看護師なので。それはずっと変わりません」

「……ありがとう」

大真面目にそんなこと言ってくれる後輩は彼くらいのものだ。これからもその彼の尊敬の念が消えないように、私も頑張っていかなければ。

「休憩時間なくなっちゃいますから、ご飯食べましょうか」

「うん」

彼と目を合わせてうなずくと、私たちはそれぞれのお昼ご飯を取り出す。

「先輩、そんな食事じゃ身体壊しませんか？」
ゼリーのキャップを開けていると、それを見た時村くんが眉を顰める。
「わかってるんだけど、食べる気がしなくて。……でも無理に食べなくてもいいって
ことだから、気が向くときに気が向くものだけ食べることにしたんだ」
お腹の子のために一生懸命栄養を取らなければという気持ちはもちろんあるけれど、
身体が受け付けなくて困っていた。
それでお休みをもらっている間に受診した産婦人科で、改めて妊娠を確認したとき、
どうにもならない身体の不調を訴え相談をした。するとつらいようなら三食無理して
食べる必要はなく、食べたいと思ったときに食べたいと思ったものを少しずつ、とい
う指示があったのだ。
食べたくないのに食べなきゃという焦りがあった私には、すごくありがたかった。
だから、今はその主治医の教えを守った食生活を送っている。
「――時村くんはえらいね。ちゃんとお弁当継続してて」
「それくらいは、と思って。おにぎりは買うより作ったほうが断然安上がりですし」
開いたお弁当箱の中身は、ソーセージに野菜入りの玉子焼き、ほうれん草の胡麻和
え。あとは、空いた空間を埋めるようにブロッコリーが――男性が自分で作るお弁当

としてはかなり優秀だ。

「――そうだ。調子がよくなったら、今度、香坂さんのお店行きましょう。……よかったら、黛先生も一緒に。三人で」

おにぎりにかじりつき、三、と指を立てる時村くん。

香坂さんが自身の執刀医である啓佑さんを気に入っていたにせよ、時村くんは気を使ってくれているのだろう。以前の彼なら絶対に「三人で」なんて言い出さないはずだから、関係性を変えようという努力がうかがえるのがありがたい。

「……あっ、コーヒーの匂いって大丈夫ですか？　っていうか、そもそも妊娠中ってだめなんでしたっけ？　最近子どもを産んだ従姉がそんなことを言ってたような気がして……」

「どうだろう、今のところはちょっと苦手なんだけど、安定期に入ったら落ち着いて平気になるかもしれないし……飲んでいいかどうかも調べてみるね」

「はい！」

匂いに敏感になってしまったこともあり、もともと好きだったコーヒーの香りはすごく強いと感じて、最近は口にしていない。香坂さんのお店にも遊びに行きたいし、そのころには感覚が戻っているといいのだけど。

妊娠がわかってからまだほんの数日。まだまだ妊娠中のルールは知らないことが多い。食事に限定しても、なにがよくてなにがだめなのか、ひとつずつ調べて確認している。

——それにしても、香坂さんのお店でコーヒーかぁ。啓佑さんと時村くんと三人で。うん、素敵な楽しみができた。

香坂さんが、自身の回復に向けて励みにしてくれていたことが、いつしか私の励みになっているなんて、素敵だな、と思う。そのときのために、今を乗り切ろう。

早くもおにぎりをひとつ平らげた時村くんと、お店の外観や店内の雰囲気はどんな感じだろう……なんて話をしつつ、私はマスカットの爽やかな甘みと酸味を吸い込んだ。

8

「実織、長丁場お疲れ様」

「啓佑さんもお疲れ様」

ホテルの最上階にあるスイートルームに戻ってくると、緊張感によりかき消されていた疲労感がどっと押し寄せる。私は啓佑さんの手を借り、軽く支えてもらいながら靴を脱いだ。むくんだ足に、半日ぶりのじゅうたんの感触が気持ちいい。

――九月下旬。私たちは念願の結婚式を挙げた。

啓佑さんは有言実行とばかりに、六月のうちに私と結婚式について改めて話し合う時間を作ってくれた。

式は海外、披露宴は国内で――というのが私たちの理想だったけれど、状況が変わってしまったのでそうも言っていられない。

海外での挙式は飛行機での移動になるので、体力的な不安と、空の旅の途中になにかあったら、という点が懸念され、現実的ではなくなった。なので、相談の上気持ちを切り替え、国内での挙式と披露宴を行うべく、場所探しをはじめた。

そのころは私も体調が不安定だったし、啓佑さんと休みを合わせられる機会も限られていたため、インターネットで事前に評判を調べ、よさそうなところを二ヶ所まで絞り、そのいずれかで決めるようにした。結果、この都心に位置する、信頼の厚い老舗ホテルを選択したのだ。

「あっ、ありがとう」

脱いだ靴を、啓佑さんが揃えて置いてくれたのでお礼を言った。

「実織、このドレス本当によく似合ってたよ」

啓佑さんが優しく微笑んで、この日のために用意した衣装に身を包む私を見つめている。

式場を決めたら今度はドレス探し。これといって強い希望がなかった私は、マタニティドレスのカタログのなかの「マタニティウェディングに向いているドレス」という特集から運命の一着を探し出すことにした。

エンパイアラインは胸下の切り替えでお腹が目立ちにくく、人気があるタイプなのだとか。私が選んだこのドレスは、オーガンジーをふんだんに使った、清楚でいて洗練されているデザインで、一目見たときから気に入った。試着してみると、啓佑さんも「実織に似合うね」と言ってくれたこともあって「これにしようか」という流れになったのだ。

ただ、このドレスを着るには、私の身長だと三センチヒールがベストなバランス。それを啓佑さんに伝えると、珍しく『それはだめ』と強めのNGが出た。

『転んでもしものことがあったらどうするの？　ヒールがある靴は絶対にだめだよ』

妊娠が判明してからというもの、普段の生活のなかではバレエシューズやスニーカーなどを履くようになった。

もともとそそっかしい性格であるのも自覚しているため、ヒールとは無縁の私。だからこそ、たとえ三センチだとしても踵のある靴を履いてほしくない、心配だ、と。

彼の言い分ももちろんわかる。三センチ程度なら転倒したり、大きな事故があるとは考えにくいけれど、万が一そのヒールが災いして取り返しのつかないことが起きたら——という可能性はゼロではない。後悔するかもしれないなら、最初からその原因を絶っておくのが正しいのだろう。

このドレスをフラットシューズを履いて着ると、裾をひきずりすぎてしまいちょっとイメージが違ってしまう。三センチといえども重要な差だ。仕方なしにそのドレスを諦めようと思ったのだけど——

『そのドレス、買い取りにして裾上げしたら？　俺がプレゼントするよ』

――そっか、裾上げすればいいのか、とうれしくなったけれど、一度しか着る機会がないものなのに、買い取りとなるとだいぶ高額になるし、それをプレゼントしてもらうというのは躊躇してしまう。

提案された直後は遠慮して別のドレスを見たりしたけれど、あまりしっくりくるものはなく――私は啓佑さんに促されるまま裾上げをお願いし、フラットシューズで式に臨むことになったのだ。

フラットシューズにして正解だった。式が一時間、披露宴が二時間強のスケジュールだったけど、実際にドレスを着て過ごした時間はその二倍をゆうに超える。履き慣れないヒールでは足を痛めていただろうし、もっと強い疲労感を覚えていたかもしれない。そういう意味でも、啓佑さんには感謝だ。

挙式の前日と翌日は休みを確保するからホテルに泊まろう、と提案してくれたのも啓佑さんだ。しかもこんな、ふたりで泊まるには忍びないような広々としたスイートルーム。部屋を彩るものすべてが洗練されていて、豪奢で。ここで素敵な夜景を眺めているだけでも、自分が特別な人間になったみたいに錯覚しそうになる。

啓佑さん曰く、『海外挙式ができなかったせめてもの罪滅ぼし』とのこと。

もちろん、海外で実現できなかったのは啓佑さんのせいじゃない。だけど啓佑さんは、私が「式はふたりきりで挙げたい」という想いを遂げられなかったことを気にしてくれているのだと思う。その気持ちがありがたい。

ドレスのまま啓佑さんにエスコートされて、部屋の中心にある大きなソファにやってくる。私たちはそこに身を寄せ合うようにして座った。

「実織、お腹は空いてる？」

ソファの前にあるローテーブルの上から、啓佑さんがいくつかの冊子を手に取った。

「うん……実は結構。啓佑さんは？」

「俺も空いてる。なにかルームサービスを取ろう」

「わ、うれしい！」

私はよろこびのあまり、胸の前で両手を合わせてしまう、
式や披露宴中はほとんど自由な時間がなく、当然自分の席の料理を食べる暇もなかった。覚悟はしていたけど、こんなにも慌ただしいものなのかと痛感した。

あのつらかったつわりは二ヶ月ほど続き、最近やっと普通の食事ができるようになってきた。体重は四キロほど減り、今一キロ戻ったところ。おかげで、ドレスを少し詰めなければいけなくなった。

きれいに痩せるならいいのだけど、こういう不健康な痩せ方は素直によろこべない。

啓佑さんにも心配をかけてしまうし。

「なにがいい？　実織の食べたいものを選んで」

ルームサービスのメニューを手渡されて、書かれている内容を目で追う。単純明快なものもあれば、ちょっと想像力を必要とする抽象的で長い名前のものもある。後者はフレンチだろうか。

「うーん……雰囲気で選んじゃっていいかな？」

「いいよ。実織のセンスに期待してる」

「うん、わかった。頑張るね」

私はメニューのなかから、それぞれ前菜、メインディッシュ、デザートを選んだ。空腹の勢いに任せてフルコースばりの品数を頼もうかとも思ったけれど、時間も時間だし、ひとまず三品に絞った。それを啓佑さんに伝えて、内線からオーダーしてもらう。私たちのディナーはこれからだ。

「実織」

「うん？」

名前を呼ばれて彼のほうを向くと、ふわりと抱きしめられる。

「かわいいよ。すごく、かわいい」

少し掠れた声音は、彼の本音であることがうかがえてドキドキする。

「け……啓佑さんも素敵だよ。このタキシード、似合ってる」

啓佑さんの衣装は、私と同じ白で合わせたタキシード。その袖口を掴んで言う。やや硬めのしっかりした生地で、ほんの少し光沢がある。

「ありがとう」

生地感の違いはあれど、ネクタイもベストもパンツもすべて白。なのに、スタイルがいいからやぼったく見えず、とてもきれいに着こなしていると思う。

「ねぇ、啓佑さん。食事も来るし、着替えてもいいかな?」

「もう?」

「だって、汚れちゃうかも」

啓佑さんの眉が寂しげに下がるけれど、これから食事をするのであれば、式も終わったし着替えたほうが無難だと思った。せっかく買い取りまでしてもらったのに、汚したら申し訳ない。

すると。啓佑さんは私の心を読んだみたいに首を横に振った。

「汚れてもいいよ。このドレスを着ている実織をずっと眺めていたいから買い取りにしたんだよ。もう少しだけ……俺のためだけに着ていてくれないかな。式中はあまり見られなかったし」

「っ……」

——そんなこと言われたら、ずっと着ていたくなっちゃう……！

「……う、うん。わかった」

私は照れながらうなずいた。

着ていると窮屈だとか、不快感が、とかいうことはない、むしろお気に入りのドレスだから、長い時間着ていられるのは純粋にうれしい。

「ここからは、やっと俺たちの時間だね」

「そ……そう、だね。……こうやって無事に結婚式を挙げられたのは、啓佑さんのおかげだよ。本当にありがとう」

「延び延びになってしまってごめんね。ずいぶんと待たせてしまったと反省していたところだよ。予定とは少し違った着地点になってしまったけど、こうして俺と、実織と、あと——」

言いながら、啓佑さんが私の腹部に手を当てた。まだ、それほど膨らみの目立たないその場所。

「俺たちの大切な子どもと、無事に三人で式を挙げられて……俺は今、すごく幸せだよ」

「私も……すごくホッとしているし、幸せだよ」

挙式前はいろいろな不安があった。身体の不調のこと、マタニティウェディングであること、結婚式を挙げるそれ自体のこと……頭を悩ませたけれど、いざ式本番を迎えると、そんな心配はどこかへ行ってしまった。

――あ。ひとつだけ、啓佑さんに抗議しておかなければいけないことがあった！

「そういえば啓佑さん、チャペルで打ち合わせと違うことをしたでしょ」

「なんのこと？」

「とぼけてもちゃんと覚えてるし、みんな見てたんだからっ」

――もう。心当たりがまったくないような顔をして。

チャペルで啓佑さんと永遠の愛を誓い合う、お決まりのあのシーン。

当初、ホテル側との打ち合わせで誓いのキスは「頬か額、もしくは唇」と三つの選択肢をもらっていた。私は恥ずかしさもあって頬でお願いしますと話を通したつもりだったのだけど――あろうことか、啓佑さんは本番になっていきなり唇にキスをしてきたのだ。

唇同士が触れていたのはほんの一瞬だったけれど、すごくびっくりした。啓佑さんの顔を見たらおかしそうに笑ってたから、確信犯なんだと思う。今さらと思いつつ口を尖らせてみる。

「だってあの場所には親戚や仕事仲間や親しい友達がいたわけだから、見せつけたいって気持ちが湧くのは仕方ないでしょ？」

啓佑さんは「ごめん」と謝るポーズをして見せながらもそう反論し、その手で私の頭に触れて優しく撫でた。

普段、仕事中はシニヨンにしているから、式はダウンスタイルで臨もうと決めていた。鎖骨の下まで伸びた髪には、左側だけ生花で作った髪飾りをつけてもらっている。仕上げにラメのスプレーもかけてもらって、すごく華やかだ。私なのに、私じゃないみたい。

だからだろうか。啓佑さんの私を見つめる瞳が、普段よりも熱を帯びているように感じられる。それが気のせいではないことを裏付けるかのごとく、彼の指先は私の顎に触れ、軽く仰がせる。

「実織は俺のものだよって、ちゃんと宣言しておかないと。いつ時村くんみたいな子が現れるかわからないしね」

「啓佑さんってば……」

自分のものだから、他の人に取られたくない、って思ってくれてるんだよね、きっと。その独占欲に胸の奥がきゅんと切ない音を立てた。

いつも余裕たっぷりだった啓佑さんが、最近はこんな風に感情を素直に表に出してくれるのがうれしい。

私のことを好きでいてくれているんだと思えて安心するし、完璧が服を着て歩いているような彼のかわいらしい一面が見られて微笑ましい、というのもある。

挙式の招待客のなかには当の時村くんもいた。彼は職場でかなり接点があるほうだけれど、私としては呼ばないほうがいいのではないか、と思い、最初は招待客から外した。啓佑さんも、それがいいと賛成してくれていた。

でもおどろくことに、時村くん本人のほうからぜひ出席したいと言ってきてくれたのだ。

『倉橋先輩と黛先生の絆の強さをこの目で焼き付ければ、本当に吹っ切れると思うんです！　お願いします！』

……なんて力説されたら、招待しないわけにはいかなくなった。

それに招待状を手配しはじめた八月の上旬には、私と時村くんの仲は完全に『先輩と後輩』として落ち着いていた。

念願だった香坂さんのお店にも、約束通り時村くんと私、そして啓佑さんの三人で訪れている。妊娠中はカフェインを避けたほうがいいということで、お店には出産後に訪れるべきかとも思ったけれど、時村くんを通してその話をすると『カフェインレスのコーヒーも置いてある』との返事があったので、安心してお伺いすることにした。

専門的な知識はまったくない私でも、香坂さんが淹れてくれたコーヒーはとてもおいしく感じた。啓佑さんも時村くんも大絶賛。

『念願が叶ってうれしいです』と話すと、香坂さんのほうも『俺もやっと約束が果たせてうれしいよ』とよろこんでくれた。

仕事に復帰して心も身体も元気そうな香坂さんの顔を見ることができて、私も目の奥がじんと熱くなった。

心配だった啓佑さんと時村くんの雰囲気も思いのほか悪くなかった。

私のなかでは懇親会のときのイメージがあったので、間がもつかとか、ひと悶着ないかとかハラハラしていたけれど、話題の中心が香坂さんであったということもあり、会話は始終鋭さのない穏やかなものだった。それどころか、啓佑さんと時村くんは軽い冗談も言い合ったりしていて、「どちらかといえば仲が良いのでは?」なんて勘違いできる程度だった。これには、私も結構びっくりした。

とはいえ、今日の式での唇でのキスを見られてしまったのは、なんとも複雑な気持ちだ。これは時村くんに限らず、私の親戚、職場関係者、友人など全員に対して同じだけど、そういう場面を見られてしまうことにすごく羞恥心を覚える身としては、一応抗議してみた次第。

……反対に丸め込まれてしまったけれど。

そのとき、インターホンが鳴った。啓佑さんがさっとその場に立ち上がる。

「ルームサービスが届いたのかな。少し待ってて」

彼は私にそう言うと、私が言葉を挟む隙を与えず、部屋の入口に出向いた。

妊娠がわかってからの啓佑さんは、優しさに拍車がかかって過保護なくらいだ。私がなにかアクションを起こそうとすると「俺がやるから実織は座ってて」と言って、遠慮する暇もなく動いてくれる。

最初に私が倒れたことで彼をおどろかせてしまったせいかもしれない。ありがたいし、頼りがいがあると思う反面で申し訳ない気持ちだけど……やっぱり、大事にされているのを態度で感じられるのはうれしい。

「失礼します」との声とともに、かっちりとした制服を着た従業員がふたり、料理の載ったお皿を持って室内に入って来る。彼らはそれをローテーブルの上に下ろしてから、またお皿やグラスを運びに往復する。

「それからこちらをお預かりしております」

最後に運んでくれたのは、籐のかごに入ったフラワーアレンジメントだ。ピンクに濃いオレンジ、茶色みを帯びた赤など、秋らしい花々や実で美しくまとめられている。

「わぁ、きれいなお花！　……これ、もしかして啓佑さんが？」

思わず立ち上がって訊ねる。すると、啓佑さんは一瞬おどろいて目を瞠ってから、不思議そうに首を捻った。

「いや、俺じゃないけど……」

じゃあいったい誰が？　と思ったのと同時に、下部にメッセージカードが付いていることに気が付く。

「……麗さんだ」

「麗が？」

「うん。見て、このカード」

角が丸く切り取られたカードを手に取って、啓佑さんの傍に移動する。そして、そこに手書きで書かれているメッセージをふたりで読んだ。

『啓佑・実織さん　無事に結婚式を挙げられてよかった。改めて、おめでとう。

ずっと挙式がしたいと願っていた実織さんだから、今、きっと幸せを噛みしめているのでしょうね。心置きなくふたりだけの時間を過ごしてね。

啓佑、身重の奥様のこと、これからも大切にしてね。

ふたりの幸せをずっと祈っています　　中牟田　麗』

「麗さん……いつの間に……」

――クールな麗さんのこんな粋な計らいに、心が弾む。

「なんだかんだで、俺たちのことを気にしてくれるんだよね。麗は」

啓佑さんの言う通りだ。麗さんは結婚式のことについてもさりげなく相談にのってくれた。時村くんのことも、彼女なりの意見を教えてくれたし。……気にかけてもらっているんだろうな。

「……帰ったら、麗にお礼を言おう」

「そうだね」

サバサバしている彼女のこと、「お花ありがとうございます」と顔を合わせて言ったら、「あらそう。ちゃんと届いたのね」なんて、やっぱりクールな返答がありそうだ。それもまた、彼女らしくていい。お花はありがたくテーブルの上に飾らせてもらうことにする。

「テーブルセットしてもらったことだし、食べようか」

「うん」

退出の挨拶をする制服の男性たちに頭を下げると、私と啓佑さんは再びソファに座った。

位置はもちろん横並び。普段、ふたりで外食をしても真横に座れる機会なんてないから、新鮮であると同時に胸がときめく。

「――すごくおいしそう。それに、きれいな盛りつけ」

テーブルにずらりと並べられた料理を見て、私が感嘆する。

『ウォルドーフサラダ地中海風ドライトマトを添えて』、『子牛肉のブッシュ・ア・ラ・レーヌ』、『パリ・ブレスト・ア・ラ・ピスターシュ秋の訪れとともに』――数ある難解なメニューのなかから選りすぐりの三品をオーダーしたのだけれど、タイトルの迫力に負けないくらいに、どれも食欲をそそられる。

「あとはこれ」

「ワイン？」

「うん。ノンアルコールのね」

本物の赤ワインそっくりのボトルを引き寄せた啓佑さんが、テーブルの端に置かれていたワイングラスをふたつ取り、私と啓佑さん、それぞれの前に置いた。

「披露宴でさんざん乾杯したけど、やっぱり実織とふたりだけのときにも、ちゃんとしておきたいと思って」

「ありがとう、啓佑さん」

お酒の飲めない私に合わせて、これを選んでくれたということだ。

彼はまず、私のグラスにボトルの中身を注いでいく。深い赤紫色の液体が、小気味いい音を立てて釣り鐘型のグラスのなかを少しずつ満たしていく。

「ノンアルコールのワインがあるなんて知らなかった」

「俺もつい最近までは知らなくて」

啓佑さんのグラスにも、ほぼワインの色味をした液体が注がれていく。

「味もワインに近いのかな？　それとも、ジュースみたいに甘いとか？」

興味津々で訊ねると、啓佑さんはふふっとおかしそうに笑ってから、小さくうなずいた。

「飲んで確かめてみよう。ここにあるんだし」

「そうだったね」

――あれこれ想像を巡らさずとも、飲めばすぐにわかることだ。私はちょっと恥ずかしくなった。

ジュースといえば——啓佑さんのマンションに私が引っ越してきた日も、ぶどうジュースで乾杯したことを思い出す。

あのときは愛情を介さない結婚生活を続ける、という約束をしたばかりだったっけ。

……一年と少し経って子どもまで授かったなんて、当時の私が知ったらひどくおどろくだろうな。「信じられない！　そんなのうそ！」とも言うかもしれない。

「じゃ、実織。改めて……これからもよろしく」

「啓佑さん、よろしくお願いします」

私たちは気を取り直してお互いに視線を交わらせると、グラスを持ち上げて乾杯をした。グラスの中身を舐めるように飲んでみる。

「あ、思ったよりワインに近い！」

「そうだね。渋みもちゃんと再現されているし、飲んでる気分は味わえるよ」

「啓佑さん、飲みたかったら遠慮しないで飲んでね」

「いや、大丈夫。披露宴でこれでもかというほど飲まされたからね」

ここのところ、啓佑さんが私の前でお酒を飲むことはほぼない。もともと仕事柄飲む回数は少なかったけれど、彼が嗜むのは知っていたから、休みのときや外食時など、飲めるときに飲んだらいいのにと勧めている。

けれど彼は、ほとんどの場合首を縦には振らない。どうしてなのかと訊ねてみると、

「妊婦の実織には控えるべきものがいくつもあるのに、男である自分にはそれがまったくないのが申し訳ない気がしている」と。

そんなこと全然気にしなくていいと幾度も話したのだけど、彼は、ふたりとも親なのに、身体の不調や食べ物や飲み物の制限など、母親である私の負担ばかりが多く感じるから、それらを少しでも一緒に背負いたい、と思ってくれているようだ。

世の男性は子どもが生まれてしばらくしてから父性が目覚めるようだけど、さすがは啓佑さん。すでに父親としての責任感が芽生えつつあるらしい。

……男性として百点の私の旦那様は、パパとしても大変優秀で、常に感謝の念が絶えない。

「実織に選んでもらった料理も、どれもよさそうだね」

「うん。おいしいものを食べたいって勘が上手く働いたのかな」

「じゃあさっそく食べよう」

啓佑さんにカトラリーを手渡され、すでにふたり分に取り分けてある食事をいただく。りんごとセロリの入ったサラダに、牛肉とクリームソースの入ったパイ。どちら

も、とてもおいしい。この調子ならデザートのピスタチオのシュークリームも期待できそうだ。

「緊張して味もわからないのにコース料理を詰め込むよりは、忙しくて食べられない状況が逆によかったのかもって思うよ。だからこそ、こうして啓佑さんのとなりでのんびりディナーを楽しめるわけだし」

素敵なホテルでの式が決まり、コース料理もあれこれ悩んで組み立てただけに、『自分たちが食べられないのが悔しいね』なんて話をしていたから、それを思い出して私が笑う。ゲストに提供したのとはまったく別のメニューだけれど、こちらも特別感の漂うお料理であることには変わらない。

「そうだね。……こうして実織の傍で食べるからさらにおいしく感じる気もするしね」

「私も」

特別なディナーを大好きな人と寄り添いながら食べる。ちょっとお行儀は悪いのかもしれないけれど、こんな満ち足りた時間はそうそう過ごせるものではないので、今日くらいは許してもらいたいものだ。

一通りお料理に手を付けたあと、私はフォークとナイフを一度置いて、啓佑さんの肩にもたれた。

「どうしたの？　……少し疲れた？　それとも、気分が悪い？」

彼もフォークを置いて、心配そうに私の顔を覗き込む。私は首を横に振った。

「……ううん。なんだか、胸がいっぱいで」

食事は申し分なくおいしいし、気分が悪くなったわけでもないのだけれど、空腹が満たされると、式と披露宴を終えた充足感と達成感で気が緩んだのかも、とも思う。

私は静かに目を閉じる。まぶたの裏に浮かんでくるのはゲストの面々だ。私と啓佑さんの両親、きょうだい、祖父母や親戚。職場の仲間に、学生時代の友人。

彼らの表情は一様に笑顔だった。私たちを見つめる優しいその表情を思い出して、小さく笑う。

「なに？」

つられるように啓佑さんが笑って訊ねてくる。

「式や披露宴のことが蘇ってきて。……素敵な時間だったな、って」

プロポーズのときから泣きそうになっていた父は、私が手紙を読む場面でやはり涙ぐんでいたし、母はうれしそうに他のテーブルにお酒を注いで回ってくれていた。啓佑さんのご両親も、私のドレス姿を見て「本当にきれい。啓佑はこんな素敵なお嫁さんをもらって幸せ者だね」とよろこんでくれて……夢みたいな時間だった。

「最後、なぜか時村くんが号泣してたよね」

父が涙ぐむ横のテーブルで、ぼろぼろと泣く時村くんの姿を思い出して私が言うと、啓佑さんが大きくうなずく。

「『あなたが泣いてどうするの』って麗に突っ込まれてたよね。あれ、おかしかったな」

「うん。悪いとは思ったけど、私も笑っちゃった」

披露宴の最後、長谷川さんに慰められながら『僕、感謝の手紙とかに弱いんです』って話してたけど……そのあと父が『あれだけ盛大に泣いてる人がいたら泣きづらいよ』とボヤき、またおかしくなった。

「――結婚式って、やっぱりいいものだね」

「きちんと挙げてよかったよね」

「そうだね。本当にそう」

私がうなずくと、啓佑さんは私の肩を優しく抱き寄せ、左手を腰に回した。そのまま、左腕で私を抱き留める形になる。

私は右手を啓佑さんの右手の甲に重ねで、きゅっと握る。私とは違う、指の長い大きな手。この手で、多くの人の命を救ってきたのだと思うと――改めて素晴らしい人とご縁があったのだな、と誇らしくなる。

「みんなに祝福してもらって、私は啓佑さんの奥さんなんだって実感が……結婚して一年も経っているけど、余計に募ったよ」

こちらを見つめる彼に微笑みながら、左手を腹部に当てる。その場所ですくすく育っているであろう、私たちの大切な存在に語りかけるみたいに。

「――それに、この子も一緒だって思ったら心強かったしね」

まだ性別のわからない愛するわが子。男の子でも女の子でも、まだ母親として頼りない私を守ってくれる勇敢な存在だ。

不思議なもので、つわりがきつくて気持ち悪いときも「赤ちゃんを無事に育てて、外に出すまで頑張らなきゃ！」と思うと、少し気分がよくなったりした。私は、誰かのために行動するほうが頑張れるタイプみたいだ。そういう意味では、つわりを乗り切れたのはこの子自身のおかげでもあるのかもしれない。

腰を抱く手をスライドさせて、私の手の上からお腹を撫でる啓佑さん。

「実織」

「なに？」

その彼が、軽く姿勢を正したので、私もそれに倣って背筋を伸ばした。

「今夜言おうって決めてたんだけど……いつかちゃんと海外で式を挙げよう。俺と、実織と、生まれてくる子どもと……三人で」

私が微かに「えっ」と言ったのを、もしかしたら彼はネガティブなイメージに捉えたのかもしれない。やや慌てて「もちろん」と続ける。

「——今日の実織もすごくかわいかったし、最高にきれいだったよ。今日という日は、俺にとってかけがえのない思い出になったと思う。……でも、体調だって妊娠前に比べたら万全ってわけじゃないだろうに、そんなこと感じさせずに幸せそうに笑う実織を見てたら——やっぱり、最初の希望を叶えてあげたいって思ったんだ」

「啓佑さん……」

国内での挙式と結婚式に不満なんてなかった。こうして私たちが夫婦であることを、大切な人たちに証明することができて、その人たちがよろこんでくれて……満足している。

だけど心のどこかで、海外で挙式してみたかったという気持ちは消えずに残り続けていた。でもそれは、そういう選択肢もあったのだ、というような——ちっとも深刻なものではない。

でも彼は、そんなかけらのような希望を拾い上げてくれたのだ。……それを最初に望んでいた、という私のために。

「子どもが無理なく飛行機に乗れるようになるには、少し時間がかかりそうだけど……それでも、約束するから。三人で挙げよう。結婚式」

私の手に重ねて、腹部に置いた彼の手が温かい。

「うれしい……啓佑さんの気持ちがなによりうれしいよ。ありがとう」

両目にじわりと熱いものが滲んできて、啓佑さんの顔がすこしぼやけた。

「――楽しみが増えて、それもうれしい」

言いながら笑うと、下まぶたから涙がぽろりとこぼれる。啓佑さんは、胸の内ポケットにしまっていた白いハンカチをすかさず取り出して、優しく拭ってくれる。

「……私、啓佑さんと結婚してよかった。本当に本当に幸せだよ。こんな毎日をくれた啓佑さんに、なんてお礼を言っていいかわからない」

「それは俺も一緒だよ。実織が傍にいて支えてくれるから家庭っていう安らげる場所を得ることができたし、そのおかげで仕事に打ち込めてる」

感謝の気持ちを伝えてくれながら、啓佑さんがすまなそうに少し眉根を寄せる。

「……ひとつだけ、実織に申し訳ないのは、一時的に君から仕事を奪う形になってしまったこと、かな」

「そんなこと、気にしないで」

奪われたなんて思っていない。私はかぶりを振った。

「……確かにまだ二年目だし、もう少し継続して勉強したいって気持ちはあるよ。産休に入れば時村くんのプリセプターも誰かと交代してもらわないといけないし、責任感って意味でもね。……周りに迷惑かけちゃうなって、ちょっとびくびくしてた時期も、実はあったんだ」

看護師という仕事が好きだし、できれば一生続けていきたいと思っている。だから近く必ず訪れる産休・育休で職場を離れるのは寂しいし、ブランクが生じることでまた一から勉強しなければいけないことも出て来るだろうと、不安を覚えてしまう。

かといって育休をとらずに職場復帰する、という選択肢は考えていない。

仕事は大事。でも、生まれてきたかけがえのない命と過ごす時間も大切にしたい。

そういう葛藤はあった。

「けどね、職場のみんなはまず第一によろこんでくれたんだよね。『おめでとう！』って。『だけど少し不安で……』って話をこぼしたら、師長が『母親になった経験も活きるものよ』って励ましてくれたの。……うちの病棟の看護師さんたちは、みんな産休・育休後もきちんと復帰して、バリバリ働いてるのは知ってたから、安心してたはずなんだけど……いざ自分の番ってなると、こうなっちゃってだめだね」

私は両手を目の前で「こう」と揃えて、視界を狭めて見せながら苦笑する。

——資格さえあれば、この仕事に従事したいという意欲があれば、いつでも戻ってくることができる。

ナースステーションのベテランの看護師さんたちはみんな口を揃えてそう言ってくれた。

私も彼女たちのように、やる気さえあれば仕事も家庭も両立できるのだ、と。やりがいのある仕事を続けて、愛しい家族の生活を支える。私にもきっとできるのだと信じたい。

「実織、ありがとう。いつも俺が支えてもらってばっかりだけど……もっと実織を支えられるように努力するね。……愛してるよ」

啓佑さんは私を抱きしめると、私の唇にキスをした。

「ん、ぅんっ……」

差し込まれた舌が私の口腔をやわく掻き混ぜると、甘やかな痺れが背筋に駆け抜ける。啓佑さんにも同じ恍惚が伝わればいいと、私も彼の唇の隙間から舌を差し入れ、薄い粘膜を擦ったり、舌先に触れ合わせたりする。

「……私も愛してる」

口づけの合間に私がつぶやく。

これからもずっと、変わらず啓佑さんを愛し続ける。純白のドレスに身を包んでいるからこそ、普段よりも重みのある言葉のように感じた。

「もっとしていい？　……式のときにはできなかったような、大人のキス」

そう言うと、啓佑さんは私の耳を食んだ。そして、艶めかしい音を立てながら、耳たぶに吸いついたり、内側の窪みを舌でなぞったりする。

——ちゅっ、ちゅうっ。

刺激的な音や感触にぞくぞくする。今からこれを唇同士でする。そういう宣言に受け取れた。

「ふ、んぅ……くすぐったいっ……」

「くすぐったいだけ？」

「……いじわる」

啓佑さんに熱っぽく囁かれて、ドキドキが加速する。

「……ふたりだけだし、いいよね。もっとしようか」

「んっ、ぁあっ……」

たっぷり愛撫を施した耳たぶを食み、甘噛みする彼。私が強く反応するのを見越して、言外に私の返事を促しているのだろう。

「……うん……私ももっと……啓佑さんと大人のキス、したいっ……」

「誓おう。何度でも、永遠の愛を」

——全身を激しく切ない衝動に支配されながら、熱くて甘い唇を味わう。最高の一日は、身も心もうっとりするような忘れられない夜で締めくくられたのだった。

9

――二月下旬、まだまだ冬の寒さが和らぐ気配のない週末。

わが家に麗さんと時村くんが遊びに来た。私と啓佑さんの間に誕生した、新しい命をお祝いしてくれるために。

出産後、家族以外の人に直接会うのは久しぶりだったから、きちんとメイクをして、おしゃれ着を着て迎え入れたかったのだけど――家の掃除の合間に赤ちゃんのお世話をしているうちに、約束の時間になってしまった。結局ほぼノーメイクの顔で、着心地と利便性重視の、前開きのコットンのワンピースというリラックスしすぎな格好でゲストを出迎えることになったのが、ちょっと申し訳ない。

「初めまして～、うわ、かわいいなぁ！　……あっ、この服って」

ふたりはリビングの奥にあるベビーベッドに気が付くと、すぐさまそこへ駆け寄った。そして、ベッドの中心からこちらに視線をくれる息子の姿に視線を注いだ時村くんが、うれしそうに言った。

彼が着ている淡いブルーのツーウェイオールは消化器外科病棟のナースステーショ

ンから出産祝いとしていただいたものだ。柔らかなガーゼ生地が心地よくて、優しい色味も気に入っている。

「長谷川先輩と僕とで選んだんですよ。今日も『すごく行きたかった』って残念がってました」

ふたりのあとを追うように、私と啓佑さんもベビーベッドの前に移動する。

「ね、長谷川さんにも来ていただきたかったな」

私は明朗快活な彼女の姿を思い浮かべながら嘆息した。

本当は、たくさんお世話になっている長谷川さんもお招きしていたのだけど、直前でシフトが変更になり、出勤になってしまったのだそうだ。

いつも私のことを気にかけてくれている、ありがたい先輩。それは産休・育休中も変わらずで、たまにメッセージアプリを介して、ナースステーションの様子を教えてくれたりする。ぜひ、違う機会にいらしてほしいものだ。

「よく似合ってますね、かわいいです」

「おかげさまで、重宝してるよ。ねっ？」

私は啓佑さんと視線を合わせてうなずいたあと、ベッドのなかの息子にもそう問いかけてみた。

「あっ、笑った！」

すると、ちょうどいいタイミングで——息子が時村くんの顔を見つめて、ふにゃっとした笑みを浮かべる。

「——今、僕のほう見て笑いましたよね？」

自分を指差した時村くんが、私たちを見回しながらはしゃいで訊ねる。すると、呆れた風に麗さんが肩をすくめた。

「たまたまでしょ」

「え、笑いましたよ」

「だいたい、この時期の赤ちゃんが笑うのは神経の反射なのよ。知らないの？」

「麗先生、相変わらず鋭い突っ込みですね」

「別に」

困ったように笑う時村くんと、すまし顔で一蹴する麗さん。そのやり取りが面白くて、私と啓佑さんも笑った。

——まるで、テンポのいい漫才を聞いているみたい。

「それより実織さん、元気そうでなによりだわ。お世話、大変でしょ？」

時村くんの勢いが萎んだところで、今度は麗さんが訊ねる。

「最初の二週間は結構つらかったです。でも、啓佑さんもかなり頑張ってくれて、すごく助かってます」

私は「そうだよね？」と振りながら、すぐとなりにいる啓佑さんを見た。彼が小さくうなずく。

「代われるところは代わりたいと思ってるけど、やっぱり母親じゃないとできないところもあるから、そこが歯がゆいね」

「ううん、でもすごく助かってるよ。いつもありがとう」

「実織こそ、生まれてから毎日、この子中心の生活をしてくれてありがとう」

私がお礼の言葉を述べると、啓佑さんも同じように返してくれる。

結婚式を終え、産休に入ってからはこれといったトラブルもなく、穏やかな日々を送っていたけれど、陣痛が来てからは、あれよあれよという間に母親になった感じだ。それだけスムーズなお産だったのだと思う。うちの産婦人科は優秀だ。

この子が生まれて一ヶ月と少し。三時間おきの授乳は気力も体力もかなりすり減るけれど、夜は可能な限り啓佑さんがミルクで代わってくれるので、本当に助かっている。彼自身も激務で疲れているだろうに、『俺がいるときは無理しないでね』と私を慮ってくれるのがありがたい。

産後のホルモンバランスは不安定になりがち――とかで、一日中息子とふたりでいると意味もなく落ち込んでしまうこともあるのだけど、今みたいな労わりの言葉をもらえるだけでもだいぶ救われる。

旦那様のときの啓佑さんも大好きだったけれど、パパになってからの彼も頼りがいがあって、もっと好きになった。

「そんなに大変なんですか、赤ちゃんのお世話って」

看護師とはいえ、つい最近まで学生だった時村くんはあまり想像がつかないのかもしれない。そんな彼に、麗さんが深くうなずく。

「自分の時間なんて少しも持てないくらい大変だって聞くわ。人ひとりの命を預かるってそれくらい過酷なことなのよ」

「そうなんですね。僕も自分の親に感謝しなくちゃ」

彼女の話を聞き、時村くんが神妙な顔でぽつりとつぶやいた。私も、母親になってから自分の両親に感謝の連続なので、すごく共感する。

「ね、実織さん、抱っこしてもいい？」

「はい、もちろん。むしろ、抱っこしてください」

ベビーベッドの柵の一辺は引き戸の要領で開くようになっている。そこをスライドして開いたあと、息子を抱き上げ、麗さんに抱いてもらう。

医師の麗さんはさすがというか、専門医ではないけれど、私よりも断然抱き慣れている。息子の顔を覗き込んだ彼女が微笑む。

「かわいい。目元は啓佑に似てるかしら」

「よく言われるよ」

啓佑さんが満足そうに笑う。確かに啓佑さんの大きくて凛々しい目元を受け継いでいる感じがするのだけど、似ていると言われるのがとてもうれしいみたいで、誰かがそう口にするたびにご満悦だ。

「黛先生みたいなイケメンになりそうですね」

麗さんのすぐ横に来て、時村くんも息子の顔を覗き込む。そしてふと気が付いたように顔を上げ、私のほうを見た。

「――そういえば、名前聞いてませんでした。なに君になったんですか？」

「啓人っていうの。啓佑さんから一文字もらって、人という字で」

「響きに今っぽい感じもありつつ、いい名前じゃないですか。由来はあるんですか？」

微笑んだ時村くんが、こんどは私と啓佑さん、それぞれに問いかける。先に口を開いたのは啓佑さんだ。

「お互い一文字ずつ、好きな漢字を組み合わせようってことにしたんだ。……俺は、人っていう字が好きで、使いたいと思ってたんだよ。支え合ってるこの字みたいに、生まれてきた子どもに誰かを支えられる人になってほしいって」

普段から誰かの役に立ちたい、支えたいと思って仕事をしている啓佑さんらしいチョイスだな、と思った。彼が言い終わるのを持ってから、私が口を開く。

「私は、生まれてくるのが男の子ってわかってから、大好きな人から一文字もらいたいなって思ってたの。家族としてのつながりを感じられるじゃない。だから、啓佑さんの啓の字がいいって」

私と啓佑さんがどちらからともなく微笑み合う。

名前はその本人と一生お付き合いが続くものだし、親である私たちがずっと呼び続けるもの。だから自分たちが気に入って、納得したものがいちばんだね、という話を、夫婦でよくしていた。結果、それぞれの希望が叶った、特別な名前を付けられたと自負している。

私たちの様子を見ていた麗さんが大げさにため息を吐いてみせた。

「ふうん、ごちそうさま。……新生児のお世話の忙しさで少しくらいギスギスしてるかと思ってたのに、つまらないわね」

「とか言って麗、『実織さん、赤ちゃんのお世話大丈夫かしら？　疲れてない？』ってよく心配して声かけてくれるくせに」

啓佑さんの思わぬ暴露に、麗さんがうっと言葉を詰まらせた。

「えっ、そうなんですか！」

ベビーベッドの柵に手をかけていた時村くんが、くすっと笑って麗さんのほうを向いた。そして、まじまじと彼女を見やる。

……麗さんの表情が少し照れてるように見えるのは、気のせいだろうか。

「まあそれは……知り合いの産後の様子って気になるものじゃない。ましてやうちの病院で産んでるんだから」

「麗先生、そういう素直じゃないところありますよね」

「うるさい」

「はいはい、すみません」

きまり悪そうに早口になる麗さん。時村くんが果敢に切り込むと、ぴしゃりと話を切ってしまった。

そんな麗さんを見つめる時村くんの眼差しが優しくて、あれっと思う。

……私が産休に入ってからの二ヶ月強の間に、このふたりの距離感が近くなっているように感じている。時村くんの麗さんへの呼び方も、「中牟田先生」から「麗先生」になっているのが、ちょっと気になったりして。

そのとき、息子がふぎゃあと猫のような声を出して泣きはじめた。

「あっ、ごめんなさいね。やっぱりママがいいかしら」

「はーい、よしよし」

麗さんから啓人を受け取り、優しく身体を揺らす。

普段、私と啓佑さん、そして私の母以外には抱かれることはないから、啓人もちょっと緊張したのだろうか。でも、ほどなくして泣き止んでくれたので一安心だ。

「こうして見ると、すっかりお母さんって感じね」

「そうですか？　まだまだ全然、わからないことだらけですよ」

正直、自分がお母さんになれているかどうかはわからない。

授乳におむつ替えにお風呂に寝かしつけ——息子のお世話に翻弄される日々で、目の前に起こるさまざまなできごとのひとつひとつを必死に取り組んでいるだけ、という状態だ。母親なのに、なぜ息子が泣いているのかわからずに、途方に暮れることも多々あるし。

「——でも、啓佑さんがいるから大丈夫です。たまにいっぱいいっぱいになっちゃうときもあるんですけど、啓佑さんが話を聞いてくれたり、一緒に解決策を考えてくれたりするので。不思議と不安はないんですよね」

「そう言ってくれるとうれしいよ。なかなか傍にいられない分、一緒にいるときはちゃんと夫や父親としての役割は果たしたいと思っているから――たとえば、今だってそうだけど」

言いながら、啓佑さんが啓人の抱っこを代わってくれた。パパのお世話に慣れている啓人は、パパの腕のなかでも泣いたりせずにおとなしくしてくれている。

なかなか傍にいられなくても、啓佑さんは自分ができる精一杯のサポートをしてくれるから、とても頼りになる存在だ。

なにがあっても啓佑さんだけは私の味方でいてくれる。生活していくなかで、そういう信頼関係ができあがっているので、たとえば育休を終えて職場復帰することになり、今とはまた違う環境や生活リズムになったとしても、ふたりで乗り越えていけると信じている。

「もう、隙あればのろけるのね」

「そういうつもりはないんだけど」

麗さんはもう勝手にしてくれとばかりに肩をすくめた。

……私も啓佑さんに同意で、決してのろけているつもりではないのだけど、彼女が恨めしそうに啓佑さんと私を見比べる。

「何度啓佑の愛妻弁当を羨ましいと思ったことか。私だってあんな手の込んだお弁当作ってくれる奥さん欲しいわよ」

産休に入ってからは、時間もできて体調もかなり安定していたので、啓佑さんのお弁当作りも復活している。『無理しなくていいよ』と言い続けてくれていた彼だけど、作るとすごくよろこんでもらえるから、出産してからなかなか啓佑さんをサポートできない身としては、できる限り続けていきたい。

「麗先生、料理苦手なんでしたっけ」

「そうよ。悪い？」

麗さんが気にしている部分を突かれていやな気分になったのだろう。問い返す声音がいつもよりやけに低音だ。

「悪いなんて言ってませんよ。僕、こう見えて得意なんです。今度、麗先生の分も作ってきましょうか？」

自分自身を指差し、小首を傾げる時村くん。その言葉に、麗さんがムッとした様子で眉を顰めた。

「お断りよ。私、あなたみたいなあざとい男とかかわりたくないの」

「えーどうしてですか？　僕は結構、麗先生みたいにかわいい人好きなんですけどね～」

「じょ、冗談やめてよっ」

そういえば、時村くんが私に熱烈なアピールを開始した直後から、『あざとい男には要注意！』とばかりに警戒心を露にしていた麗さん。

なのに、時村くんスマイルが炸裂すると、顔が赤くなってる……？

――あれ？　案外まんざらでもなさそうに見えるけど……。

慌てて顔を隠すように背ける麗さんをおかしそうに見つつ、時村くんが私たちのほうを向く。

「おふたりの幸せそうな姿を見ることができてよかったです。僕、今本気でそう思ってますからね。……黛先生と倉橋先輩の絆、見せつけられた感じです」

「……ありがとう、時村くん」

時村くんのまっすぐな感想に、啓佑さんが優しく微笑む。それが彼の本心であるのは、声や言葉の温もりで伝わってきた。

絆。そんな風に表現してもらえるのはすごくうれしい。はじまりは契約結婚だったけれど、啓佑さんとの間にその絆の証まで授かることができて、これ以上ない深いよろこびを感じている。

――大好きな人の赤ちゃんを胸に抱けるって、なんて幸せなんだろう、と。

「そろそろ座ろうか」

啓佑さんが啓人を抱いたまま、ティーカップの準備を済ませたダイニングテーブルにふたりを促した。

……そうだ、赤ちゃんを抱いてもらうためとはいえ、ゲストを立ちっぱなしにさせていては申し訳ない。

「気が利かなくてごめんなさい。今日はせっかくなのでおいしいケーキを準備したんです。もちろん、啓佑さんに買ってきてもらって」

私はそう言って、テーブルの真ん中に置いていた四角い箱を示した。駅前に最近できたケーキ屋さんは生クリームがおいしくて、いちごのショートケーキが人気だ。それを啓佑さんに頼んで、人数分買ってきてもらったのだ。

「わあ、おいしそうですね」

私が箱を開くと、時村くんが覗き込んで小さく叫んだ。三角にカットされた、雪のように白いクリームに真っ赤ないちごがちょんと乗っているケーキ。シンプルイズザベストで、とてもおいしそう。

「楽しみだわ。……今日は実織さんとゆっくり話したいと思ってたの。啓人くんのこと、今の生活のこと、いろいろ聞かせてちょうだい」

「はい、ぜひ！　私も病棟の最近のこと、教えてほしいです」

子どもと向き合う日々は新しい発見の連続で楽しいけれど、誰とも会話をしなかった——なんて日もあったりするため、親しい人と話せる機会は貴重だ。

この便利な時代なので、メッセージアプリやテレビ電話などでコミュニケーションを取ることもできるのだけれど、やっぱり同じ空間で会話をするよろこびには代えがたい。

だから私も、麗さんや時村くんと会えるのを、とても楽しみにしていたのだ。私は明るい気持ちでうなずいた。

愛する啓佑さんや啓人のこと、母親になってからの生活のこと、消化器外科病棟のこと、入院患者さんのこと——話は尽きない。

おいしいお茶とケーキに癒やされつつ、私は大切な人たちに囲まれて、満ち足りた時間を過ごしたのだった。

あとがき

こんにちは、もしくはこんばんは。小日向江麻です。『旦那様はエリート外科医～抑えきれない独占愛欲で懐妊妻になりました～』をお読みいただき、まことにありがとうございます。こちらの作品は『旦那様はエリート外科医～かりそめ夫婦なのに溺愛されてます～』の続編となっております。

私が書籍を出させてもらうようになってから密かに掲げていた目標が、続編を出すことでした。今回、再びふたりのお話を書くことができて、大変楽しかったですし、そしてうれしかったです！　マーマレード文庫さま、ありがとうございます。一度登場させたキャラクターを深堀りできる機会があるのは幸せなことですね。心から感謝しております。

前作では嫌なイメージしかなかった（であろう）麗が、今回は実織のお助けキャラ的なポジションになっています。RPG系のゲームでありがちなのですが、私、この前作の敵キャラが味方になる流れがたまらなく好きだったりします。麗は前回いいところがまるでなかったので、汚名返上とばかりに頑張ってもらいました。

代わりに登場した敵キャラが時村くんですが、啓佑とは違う魅力を持った男性キャラ、というイメージでプロットを立てました。若さゆえに勢い重視で、率直な物言いなので、ときに控えめすぎると映る啓佑への指摘に、すっきりされた方もいるのではないかな、と思ったり。でもそのおかげで、いい感じに実織と啓佑の距離をさらに縮めるきっかけになってくれたかな、と思っています。

担当さま、編集部のみなさま、ふたりの物語の続きを書く機会を与えて下さって、重ね重ねありがとうございました。また、カバーイラストのひらさわ公美さまには、前作のコミカライズも担当していただいております。透明感のあるかわいらしい実織と、折り目正しくかっこいい啓佑が織りなすラブストーリーを、私も一読者として拝読してます（まだ読んでないよって方はぜひ読んでみてください！）。今回のカバーはお腹のふっくらした実織が幸せそうで、とても素敵です。ありがとうございました！

そして読者のみなさまにも改めてお礼申し上げます。前作を多くのみなさまにお読みいただけたからこその今作ですので、こちらも楽しんでいただけますと幸いです。

それでは、またご縁があることを願って。

小日向　江麻

マーマレード文庫

旦那様はエリート外科医
～抑えきれない独占愛欲で懐妊妻になりました～

2023年5月15日　第1刷発行　定価はカバーに表示してあります

著者　小日向江麻　©EMA KOHINATA 2023
編集　株式会社エースクリエイター
発行人　鈴木幸辰
発行所　株式会社ハーパーコリンズ・ジャパン
東京都千代田区大手町1-5-1
電話　03-6269-2883（営業）
0570-008091（読者サービス係）
印刷・製本　中央精版印刷株式会社

Printed in Japan ©K.K. HarperCollins Japan 2023
ISBN-978-4-596-77353-1

m a r m a l a d e b u n k o